翻譯學

金莉華　著

三民書局

國家圖書館出版品預行編目資料

翻譯學／金莉華著. －－二版五刷. －－臺北市: 三民, 2015
面； 公分
參考書目：面

ISBN 978-957-14-4384-3 (平裝)

1. 翻譯

811.7 94021162

© 翻譯學

著作人	金莉華
發行人	劉振強
著作財產權人	三民書局股份有限公司
發行所	三民書局股份有限公司
	地址 臺北市復興北路386號
	電話 (02)25006600
	郵撥帳號 0009998-5
門市部	(復北店) 臺北市復興北路386號
	(重南店) 臺北市重慶南路一段61號
出版日期	初版一刷 1995年11月
	二版一刷 2006年8月
	二版五刷 2015年10月
編號	S 810760

行政院新聞局登記證局版臺業字第〇二〇〇號

ISBN 978-957-14-4384-3 (平裝)

http://www.sanmin.com.tw 三民網路書店

再版序

《翻譯學》出版以來，海峽兩岸的翻譯環境在這十年中有了很大的改變。社會對翻譯需求大量提升，尤以工商業的中英文翻譯最為顯著，翻譯不再以文、哲獨尊，而是文哲與實用並重。為了和世界翻譯界接軌，海峽兩岸的翻譯界，都在朝專業翻譯這個目標努力，並希望能以翻譯資格認證等方法，使翻譯工作者的專業受到世界各國的認同與接受。翻譯理論是翻譯經驗累積的成果，對初學翻譯的人來說，有一定程度的幫助，隨著大量新血投入翻譯界，這塊領域受到了重視。翻譯工作者增加後，他們的權益與義務，將成為下一個努力的焦點。電腦普及改變了人們的生活，也改變了翻譯的生態，使得機器翻譯取代了部份的人工翻譯，也成為翻譯工作者得力的好幫手；但也引出許多新挑戰，新字彙就是一個例子。快速形成的電腦新字彙，已經成為術語翻譯的一大挑戰。這些都是《翻譯學》修訂版增加的相關內容。此外，就初學者最感困擾的長句部份，則增加了章節討論；內容重疊的章節，則予以刪除。全書以深入簡出為主旨，理論部分作提綱挈領式的介紹，實踐部分的例句則盡量去蕪存菁。一切只希望對初學翻譯者能有所助益。

無錫金莉華序於臺北陽明山

自序

在青澀的年代裡負笈國外，初次接觸到美、加兩國高等學府內的浩瀚書海，也第一次領略中土之外人類知識的淵博。隨著年齒增長，漸漸了解古今中外聖賢殊途同歸的道理，因而有將中西哲人之著作互譯的想法；期能使不同文化背景的讀者有相互觀摩的機會，彼此開拓視野，產生「德不孤，必有鄰」的共鳴。基於這個理念，歸國後便將明代洪應明的《菜根譚》譯成英文，那是我初次真正從事翻譯工作，算來已是十五年前的往事了。

隨後數年，陸續翻譯了毛姆的《剃刀邊緣》、易卜生的《野鴨》、謝施的《哈維》等書，又受黃斐章教授之邀，在其主編的《中英文週刊》上發表了《紅顏薄命》、《護生畫集》等中英文互譯作品十數篇。有了這些經驗，對翻譯的理論與方法也稍有所悟。

因先後擔任了中國文化大學中美關係、國際企業管理、觀光等研究所的英文課程，遂了解當今臺灣各學科對翻譯作品需求殷切，但各學科的翻譯人才卻十分缺乏。研究所的同學常須翻譯各類相關新知，卻常苦於缺少入門的引階。從民國七十七年開始，擔任中國文化大學英語系的「翻譯習作」、後又擔任英文研究所的「中英互譯」課程，更進一步了解初學翻譯者的困難所在，因此興起了寫一本有關翻譯學書籍的想法。從收集資料到初具規模，前後費時三年餘，撰寫時又數易其稿。但翻譯之學，博大精深，而個人之見知有限，一得之見，倘能對初學者有所助益，誠所願也。書中疏漏，固屬難免，還望方家不吝指正。

民國八十四年七月無錫金莉華序於臺北陽明山

目　次

第一章
翻譯的定義

廣義的說，將一種語文，或一套能表達思想與意念的系統，轉換成另一種語文，或系統來表達，就叫翻譯。換句話說，將甲文字、甲語言、或甲系統轉換成乙文字、乙語言、或乙系統來表達，就叫翻譯。因此翻譯並不僅止於將外國語文譯成本國語文，或將本國語文譯成外國語文。若將一種方言，轉換成另一種方言，例如將閩南話譯成客家話；或將一種已不流通的語文，轉換成大眾化的語文，例如將文言文譯成白話文；或將文字轉換成數目字碼，例如電報；或將文字轉換成特殊符號，例如為失明人士設計的點字；或將文字轉換成動作，例如失聰人士的手語、童子軍的旗語等均可稱為翻譯。翻譯牽涉到多重程序時，則稱為多重翻譯。例如將古文譯為白話文，再將白話文譯成英文，則為雙重翻譯。如再將該英文轉換成英美系統的手語，則為三重翻譯。

但狹義的說，翻譯 (translation) 是將一種文字轉換成另一種文字來表達相同的意念。相對的，口譯 (interpretation) 則是將一種語言轉換成另一種語言來表達相同的意念。

第二章
翻譯的重要與趨勢

翻譯在世界各國發展史上扮演了重要角色。以我國為例：禹是中國上古時代的一個大人物，他征服三苗，「會諸侯於塗山，執玉帛者萬國」。萬國使節能來往溝通，想必有賴翻譯人員協助。殷商的疆域以河南商邱為中心，而其用作貨幣的貝及鯨魚骨卻都不是中原的產物，可見商代貿易交通的廣遠。而廣遠的貿易必須以翻譯作為溝通的工具。春秋之時，蠻夷戎狄雜居內地，互通婚姻，夷禮胡服不以為奇。胡人的武風與中原的藝文儒術結合，造成了秦漢大一統的局面。但若無翻譯居間穿針引線，武風與藝文儒術怎能結合。漢朝的翻譯活動則更見活潑。漢武帝平定安南後設蒼梧等九郡，與南海諸國如緬甸、爪哇、印度等國交通與貿易繁忙，因而特設「譯長」主理有關事項。張騫二次出使西域後，漢室每年均派遣使者前往西域各國，最遠到了羅馬東部的犁軒。中國的絲帛西傳、而西域的文物如葡萄、胡瓜、番茄，以及音樂、美術亦相繼輸入中國，豐富了中華文化。這些使者想必都是翻譯長才，不然無法達成任務。東漢明帝時蔡愔奉旨前往大月氏求經，歸國後在白馬寺與天竺沙門攝摩騰、竺法蘭合作翻譯《四十二章經》，揭開了中國譯佛經的序幕。後復經南北朝鳩摩羅什及唐代玄奘等大師將佛經有系統的翻譯與宏揚，佛家思想才深植我國民間，深遠地影響了我國及鄰近各國的哲學、文學、藝術及一般人民的生活習俗。東漢以後，中國的歷史重心由黃河流域向南方發展。北人「南染吳、越」，南人亦能「晉語」，中原的胡漢文化與吳、越的土著文化交流孕育了隋唐的盛世。翻譯在這場歷史舞臺劇裡必然扮演著吃重卻不顯赫的角色。到了元代，海陸交通更為便利。西方諸國使節、學者、醫生、教士及商人等紛紛東來，尤其是阿拉伯的回教文化，隨著便利的交通，超越了印度與波斯文化，在我國紮下根基。元代曾在京師設立回回國子學，教授阿拉伯語文。阿拉伯人的天文、曆法、數學、醫術、炮術、建築、宗教等知識在我國都造成深遠的影響，而中國的火藥、羅盤、印刷術、紙幣等物也傳入了西方，改寫了西方的歷史。推動這一切的必是一群名不見經傳的翻譯者。雖然他們的身分、職業、種族可能不同，但他們藉著翻譯達到溝通、傳播的目的卻是一致的。明末清初，西歐經歷了宗教革命與文藝復興，基督教分裂為二，羅馬天主教耶穌會教士為開拓傳教事業前來東方。他們都具有文藝復興時期所發展形成的最新科技知識。這些知識引導我國的科技進入了一個嶄新的領域。在這期間，較重要的翻譯者及作品有：利瑪竇與徐光啟合譯的《幾何原理》、《測量法義》；利瑪竇與李之藻合譯的《圜圓容較義》、《同文算指》、《渾蓋通憲》；鄧玉函 (Joannes Terrens) 與王徵合譯的《諸器圖說》；傅汎濟 (Francisco Furtado) 與李之藻合譯希臘哲學家亞里斯多德的作品《寰宇詮》六卷及《名理探》十卷；穆尼閣 (Nicolas Smogolenski) 與薛鳳祚合譯的《天步真源》。這是一本講解以加減代乘法、折半開方的數學書，也是西洋對數術傳入我國的開始。清雍正禁天主教，西學中斷。但鴉片戰後，翻譯在我國受到史無前例的重視，影響之大，動搖了中國舊有的科技、文化、政治、經濟根基，埋下了國民革命的種子。其所譯書籍的性質，在同光年間洋務運動時，以西方兵工及科技為主；在變法維新時，則積極輸入了法律、政治、哲學、教育、經濟、社會等知識。主要的翻譯人士有化學家徐壽，數學家李善蘭、華蘅芳，主張維新變法不遺餘力的梁啟超，翻譯八大名著介紹西方政經思想的嚴復，及憑藉傳述而翻譯了一百七十餘種文學作品的林紓（林琴南）。其中嚴復所譯之《天演論》，強調適者生存，弱肉強食，在中日甲午戰後刊行，激起了國人奮發圖強的意識，替辛亥革命注射了一劑強心針。此外尚有許多翻譯刊物介紹新知識，新思潮，如《新小說》、《譯學滙編》、《新民叢報》、《民報》等。清末的革命志士鮮少沒有接觸過這些譯作的。辛亥革命成功，民國成立，翻譯作品隨著留學的風潮，如排山倒海般地充斥在中國社會各階層，影響所及，促成了民國八年的五四運動，更於國民革命軍北伐成功後掀起了所謂革命文學的浪潮。革命文學也稱普羅文學，以宣揚譯介社會主義及馬克思思想為主要任務。郭沫若、魯迅、巴金、瞿秋白等人均屬其陣營。由此觀之，今日國共分裂的局面，翻譯又再一次擔任了要角。

翻譯在中華民族發展史上的重要性不容忽視，在世界各國發展史上也舉足輕重。日本的大化革新與明治維新，分別奠定了立國與成為現代強國的基礎，進而出於藍而勝於藍，躋身執世界科技牛耳的行列，翻譯之功不可沒。一般認為改寫西方文明的兩件大事是文藝復興與宗教革命。而翻譯更是促成這兩件大事的赫赫功臣。原來羅馬帝國崩潰之後，西歐各國的政經文化全由教會控制，不但每個平民的生老病死、婚喪喜慶需受其認可與操作，君王們的權位亦在其掌握之中。但在柏拉圖與亞里斯多德等希臘哲人的作品被譯成西歐各國通用的語文後，人們開始對人的尊嚴重拾興趣，進而看到人性的光輝，將心靈從教會的統治下掙脫。加上十字軍東征後，阿拉伯的書籍被大量譯成西歐文字，而中國的火藥、羅盤、印刷術、紙幣也經由阿拉伯傳入歐陸，使西歐的文學、科技、經濟與藝術進入了一個新的殿堂，對人與宇宙的關係有了新的詮釋，進而引發了文藝復興，為人類歷史豎立了一個輝煌的里程碑。而宗教革命的成功也是翻譯之功。原來《聖經》中的《舊約》是以希伯來文寫成的，《新約》則以希臘文寫成，後來才譯成拉丁文。但拉丁文只有羅馬教廷中的神職人員才有機會學習，因此《聖經》漸漸淪為他們愚民及弄權的工具。十三世紀十字軍東征以後，基督徒將印刷術帶回西歐，教育因此普遍，《聖經》才被絡繹譯成西歐各國通用的語文，一般大眾才有能力閱讀並了解《聖經》的真諦，到了十六世紀，馬丁路德才能凝聚共識，以《聖經》向教廷權威挑戰，引發宗教革命，改寫了歐洲的宗教史。

翻譯在人類歷史上的重要性不容置疑。展望未來隨著社會變遷，科技進步，交通便利，工商業發達，國際交流日益頻繁，翻譯更將成為大眾生活的必需品。例如世界各地的新聞，需經翻譯才能傳達給廣大的觀眾。國外的電影、電視要經過翻譯才能達到預期的娛樂效果。小至家電產品，大至國防精密武器，運銷國外時，都需要附上當地語文的說明書或懂得當地語言的專門指導人員，才能發揮功能。與外國公司商業往來，一切有關契約與合同，如不經過翻譯，難以正確掌握細節，避免不必要的糾紛。各國的外交部、駐外使館、優良的翻譯人員更不可少，否則各種公文、條約、文宣等難以推行。聯合國的決議，攸關全球人民的福祉，不經翻譯，無從宣達。一切人文、社會、科技的書籍，關係全人類文明的進步，若不經過翻譯，無法流通全球。

翻譯與大眾生活如此休戚相關，其未來的趨勢可預期如下：

一、翻譯的領域將大幅擴張

隨著人權意識的高漲，各國政府對於雙語立法與行政將趨更開放的態度。加拿大於 1969 年立法通過承認英語及法語均為其國語。香港自 1985 年開始以中文及英文雙語立法。美國的官方語言雖然是英語，但其鄰國墨西哥及屬地波多黎各的母語西班牙文從未被忽視。近年來亞裔移民日增，因此各州立機構、商業銀行、航空公司、警察局、法院、醫院、圖書館、學校等不乏將雙語列為人員優先雇用的條件。這種情形在世界各地都將有增無減，擴大了翻譯傳統的領域。

二、多語翻譯將取代雙語翻譯

由於各國政府對雙語立法與行政採更開放的態度，全球語文多元化就成為必然的趨勢。又因交通方便及各類國際性合作日益普遍，人們至世界各地旅遊、接洽業務、參加各項會議的頻率也相對提高。為因應這些人多元化的語言，各相關機構業務人員的雙語能力將不敷使用。例如美國大城市華人區的銀行服務員，常需通曉國、臺、滬、粵等語言；在臺灣，對外貿易鼎盛，知曉中、日、英三種語文已成為一般用才的要求；在歐洲，因其特殊的地理環境和歷史背景，各種區域性的計畫方興未艾，對翻譯人員的語文要求，因此已提高至三語、四語、或五語。流風所及，多語翻譯將取代雙語翻譯。

三、翻譯人員必須具有所譯領域的專業知識

以往從事翻譯工作者,大都以修習外語為主,鮮少有兼攻其他學科的。二十世紀後,文、法、經、貿、科技等學科發展蓬勃,各學科的分類也越益精細,如無該學科專門知識,實無法勝任翻譯工作。不懂詩的人,不能譯詩;沒有原子能知識的人,無法正確翻譯原子能書籍,這項觀念已獲共識。現今世界各地專業人員及學術團體交流日繁,各種研究成果及出版物均需快速地譯成不同的語文,使得專門領域的專業知識,已被翻譯人員訓練列為入學或畢業必要的條件。在未來,翻譯人員必將進一步細分為文、法、商、工、醫等專科翻譯人員。在西方,翻譯界已將翻譯粗略劃分為十四種專門領域,分別為:

㈠ 行政翻譯 (administrative translation):各類政府部門與商業機構日常文件,如辦公室備忘錄、通告、電子郵件、政府各類報告與瑣碎的政治發言等。

㈡ 商業翻譯 (commercial translation):各類正式商業來往文件。

㈢ 電腦翻譯 (computer translation):與電腦程式相關的各類文件,如手冊、網址等。

㈣ 經濟學翻譯 (economic translation):經濟學領域相關書籍翻譯。

㈤ 財金學翻譯 (financial translation):財金學領域相關書籍翻譯。

㈥ 一般翻譯 (general translation):專門領域但內容不是定位在專業人士,而是一般人士。

㈦ 法律翻譯 (legal translation):各類正式法律文件,如法律條文、合同、條約等。

㈧ 文學翻譯 (literary translation):小說、短篇故事、劇本、詩歌等。

㈨ 醫學翻譯 (medical translation):醫學領域相關書籍翻譯。

㈩ 語言學習翻譯 (pedagogical translation):為學習語言而做的各類翻

譯練習。

(十一) 藥品翻譯 (pharmaceutical translation)：藥品製造業領域文書翻譯。

(十二) 科學翻譯 (scientific translation)：科學書籍翻譯。

(十三) 學術翻譯 (scholarly translation)：學術文獻翻譯。

(十四) 技術指導翻譯 (technical translation)：各類手冊、指南等文書翻譯。

每一個領域的翻譯，都有獨特的問題與困難需要克服。例如行政翻譯中常含一些難以辨認與了解的術語、錯字、縮寫、外來語、流行語、模稜兩可需要修飾的政治敏感話語、文法結構錯誤等問題。因此，擔任此項工作的翻譯工作者，除了翻譯的專業知識以外，還必須具備行政助理的經驗，熟悉職場的運作，並且精通電腦才能勝任。

四、機器翻譯 (machine translation) 將取代人工翻譯

1940 年代初期，電腦問世後不久，俄國科學家 Smirnov Troyanskii 和法國科學家 Artsouni 共同開始這項以電腦來從事翻譯的研究。在 1950 年代，美國的 IBM 公司和喬治城大學 (Georgetown University) 在經過初步實驗後認為，機器翻譯的可行性甚高，因此美國政府投下大筆資金，委託各有關機構，做進一步的研究與開發，結果卻令人失望。自動語文翻譯評估委員會 (Automatic Language Processing Advisory Committee) 於 1966 年發表的調查報告中指出，機器翻譯較人工翻譯慢，精確度低，費用卻加倍。委員會建議停止研發，但建議朝機器協助翻譯 (machine assisted translation) 方向繼續研究。這份報告，對當時從事機器翻譯的工作人員是一項甚大的打擊。一切後續的研究工作幾乎完全停擺。但自二十世紀八零年代以來，科學家們已重拾對機器翻譯的信心。他們延續二十世紀七零年代科學家與語言學家合作努力的成果，創造出不錯的逐字譯效果。對於在特定的領域裡，內容字彙有限，重複性高，文句明白具體的文書，例如氣象報告、求職欄、索引、產品手冊等的翻譯，效果令人滿意。歐洲共同體有九種官方語言，它的許多相關機構產生大量需要翻譯的文件。隨著經濟全球化的趨

勢，跨國商業公司已是時代潮流。各公司的運行手冊，產品的說明書，商業書信，合同等都需要翻譯。不管是政府機構，還是民間組織，這類機構產生的文件性質，不外乎是公文、報告、會議記錄、通告、技術指導、說明書等。它們的翻譯只需要傳達原文件所刊載的重要訊息，文字的通暢並不是首要，速度卻被要求，機器譯恰好適合這些條件，故被廣泛採用。機器翻譯軟體驚人的銷售量，也說明了個人電腦使用者對機器譯的倚重。這些使用者包括各種背景，他們在閱讀外語文件時，強烈希望能快速掌握文件的重點；以電子郵件與外語人士溝通時，則可以成功表達意念。

二十世紀八零年代開始，科學家們也將機器翻譯的研究方向導向專業或業餘翻譯工作者的協助工具 (MAT)，例如提供初譯，拼字與文法檢查，而非完全取代翻譯工作者。機器譯也造成電子線上字典、百科全書等各類參考工具的蓬勃發展，使翻譯工作更加方便。

二十世紀末期，機器譯最新的發展方向是電話語音翻譯，可應用在各種交通工具的定位、旅館的訂房、會議的註冊等。

隨著地球村時代的來臨，機器譯可說已成為人們日常生活的必需品，這一塊翻譯領域正如旭日東昇，方興未艾。

五、各類傳譯人員 (interpreter) 興起

傳譯俗稱口譯。傳譯者將說話人所說的語言轉換成聽者的語言系統來表達。傳譯的方法大約可分為五種：

㈠ 視譯 (sight translation)：譯員在接到文稿後立即口譯。也就是邊看邊譯。

㈡ 逐步口譯 (consecutive interpretation)：在說話者告一段落時，譯成聽者的語言。通常文長一次不超過三分鐘。

㈢ 同步口譯 (simultaneous interpretation)：將說話者的每句話同步譯成聽者的語言，時差僅數秒鐘。

㈣ 耳語傳譯 (whispering interpretation)：為一或二個人同步傳譯。

㈤ 手語傳譯 (sign interpretation)：為聾啞人士傳譯。

傳譯人員可分為社區傳譯人員 (community interpreter) 與會議傳譯人員 (conference interpreter) 兩大類。社區傳譯人員的職務包羅萬象，例如在各種政治活動場合為政治人物與選民傳譯，在法庭上為當事人與法官傳譯，在醫院為病人與醫生傳譯，在課堂上為老師與學生傳譯，在跨國公司的各種會議與訓練課程上傳譯，在記者招待會上傳譯，為舞臺表演傳譯，為聾啞人士傳譯，為異國的導遊傳譯，接聽電話傳譯等。舉凡生活中食衣住行育樂的點點滴滴，隨著社區居民語言的多元化，社區傳譯人員將是未來人們生活中不可缺少的助手。聯合國成立以後，許多子機構相繼成立，例如聯合國兒童福利基金會、世界衛生組織、國際貨幣基金、關貿總協、國際原子能機構等等。又有許多地域性的合作機構，如亞太經合會議、歐洲共同市場、北大西洋公約組織、亞洲開發銀行。此外尚有許多民間團體，如奧林匹克委員會、綠色和平組織，及許多專業團體研討會、年會，如全球牙醫研討會、航空科技研討會，更有數不清為文化、政經、體育交流或互訪而召開的各式會議，這些會議在進行時，需要大批學有專精的傳譯人員將與會代表或會員的發言及報告譯成世界主要語言，以利會議進行。因此未來會議傳譯人員將成為翻譯界中重要的一環。

六、翻譯將不再局限於文字或書本

更多的國家與地區將採用雙語政策，各類型國際交流頻繁，商業活動全球化，這些都將使翻譯的具體形式不再局限於文字或書本。舉凡聲音(錄音帶)、短文、公文、合同、條約、說明書、通告、收據、信函、報告、商業文件、會議記錄等的翻譯將超越書本。

七、檢定考試及校閱人制度的設立

翻譯的基本目的是溝通與傳達，但稍一不慎常易造成極大的遺憾。

Peter Newmark 在 *A Textbook of Translation* 中就舉了一個例子：第二次世界大戰末期，日本回應美國最後通牒中的 mokasutu 這個字，如果不被譯成 ignored（不加理會），而譯為 considered（考慮），廣島的原子彈或可避免。美國在臺協會文化新聞組所發佈的文宣 “America in Asia: Emerging Architecture for the Pacific” 其中有一句：“As the history of the past two centuries demonstrates, democratic nations rarely engage in armed conflict against each other.” 這句話被譯為「過去兩百年的歷史證明，民主國家鮮少與他國發生武裝衝突。」這分明與事實不符。美國在過去的一百年中，就先後投入二次世界大戰、韓戰、越戰、波灣戰爭。因為這篇翻譯是由在臺協會發佈的，因此就可能被有心人士指為撒謊。其實這句話的後半句應譯為「民主國家鮮少彼此發生武裝衝突。」這類誤譯的例子不勝枚舉。每種語文，都有需要由上下文及文化背景才能決定涵義的字句。我們中國人說王小姐很有味道的時候，是說她很有品味、有氣質，而不是說 “Her smell is strong.”。百貨公司減價，美國人習慣用 off，所以櫥窗裡斗大的字是 30% OFF。中國人習慣用「折」，所以應譯為 7 折，而非減 3 成。另外各專業領域中又有專用的術語。在法界，abortion 要譯成人工流產，而非墮胎。在醫界，labor 是分娩，而不是勞工。在宗教界，Father、Mother 大寫時，應譯為神父、修女，而非父親、母親。這一切錯綜複雜，經驗與學識都豐富的翻譯者，稍有疏忽都免不了犯錯，更何況初涉此道者。因此翻譯人員的檢定考試，以及校閱人制度的設立，將成為必然的趨勢。

第三章
翻譯工作者的權益與義務

翻譯與翻譯工作者雖然如此重要，但在世界各國的歷史上，譯者鮮少受到社會的重視，他們的社會地位不如原文作者。但是如果譯者不能受到應得的重視，就無法產生高品質的譯作。因此1976年10月26日至11月30日聯合國教科文組織 (United Nations Educational, Scientific and Cultural Organization) 在肯亞首都奈洛比舉行第十九屆會議，會中就翻譯議題發表建議。該項建議成為各國推行翻譯工作重要的指標。其內容如下：

翻譯增進各民族間的了解與各國文教科技的合作，翻譯工作者（以下簡稱譯者）的重要不言而喻，尤其是少數語言的譯者，更是彌足珍貴。

為了確保翻譯的品質，譯者應該受到必要的保護，以便他們能夠提供可以促進文教科技交流的優質產品。

大會建議各會員國，依據本建議書的精神，訂定相關法令，增進並確保譯者及其翻譯作品（以下簡稱譯作）的權益。

大會建議各會員國，按照大會另行決定的時間和方式，向聯合國教科文組織提出實施本建議具體成果報告。

一、定義與範圍

㈠ 本建議的定義：

A. 翻譯指將一種語言文字譯成另一種語言文字，不論原作是否旨在出版為書籍、雜誌、或任何其他的形式，或供舞臺、電影、廣播、電視、或任何其他型式媒體演出。

B. 譯者指翻譯一切文學或科技作品的人員。

C. 雇主指一切雇用該譯者實行翻譯行為的個人或法人。

㈡ 本建議條文適用於一切譯者，包括獨立譯者、領薪譯者、各領域的譯者、專業或業餘譯者。

二、翻譯工作者的法律地位

㈢ 各會員國的譯者應享有與作者同等的權益，同受國際版權條約及該國版權法的保護，但不能損及原作者的權益。

三、為確保翻譯工作者受到國際版權條約及各國版權法的保護，應注意下列事項

㈣ 譯者與雇主之間應訂定書面合同。

㈤ 合同內容應包括：

A. 合理的報酬。

B. 該譯者若非領薪者，應以可行的方式，給予合理的訂金及版稅。

C. 譯作的使用若超出合同範圍，應另外賦予應得的報酬。

D. 譯者應註明其譯作可使用的範圍，包括該譯作可能的新版本。

E. 若譯者沒有獲得原作的翻譯授權，雇主應負責獲得該項授權。

F. 譯者應保證雇主獨家享有一切譯者給予的權益，並在可行範圍內遵守職業祕密道德。

G. 基於原作為最高的依據，未經譯者同意，不可更改譯文。

H. 譯者及其譯作應享有與一般作者及其作品同樣的宣傳待遇。例如譯者的名字應顯要地安排在其譯作及一切平面或立體的宣傳上，如海報、電影、電視、廣播節目等。

I. 雇主必須在譯作上登載與版權相關的聲明。

J. 若對翻譯的品質有所爭議，盡可能通過仲裁、法律程序、或其

他適合的方法解決，但必須同時兼顧公正與費用。

K. 註明譯自何種語文，該語文是否為作品的原始語文；譯成何種語文，並說明譯者擔任口譯的可能性。

㈥ 各會員國在不損害譯者與雇主自由訂立個別合同的前提下，鼓勵有關雙方，尤其是雙方的職業工會或團體，依據本建議的精神，考慮一切可能發生的狀況，制定示範合同。

㈦ 各會員國應鼓勵成立及發展能代表譯者權益的各類工會或團體，以便制定與譯者相關的規則及義務，維護他們精神與物質的權益，促進譯者之間語文、文化、科技等工作上的交流，以及與原文作者間各類的交流。

A. 促進制定有關翻譯職業的各項標準，尤其應闡明譯者有義務提供包括文字與風格在內的高品質譯作，並保證譯文能忠實傳達原文。

B. 研究能為譯者與雇主共同接受的報酬基數。

C. 建立程序以協助解決與翻譯品質相關的爭端。

D. 譯者與雇主協商談判時提供協助，並與其他相關團體制定與翻譯有關的示範合同。

E. 依據國家法律或相關協議，為譯者個別或集體爭取與作者共同享有各類相關公私基金福利的權益。

F. 藉由出版定期刊物，舉行會議，或其他合宜的方法，提供譯者各類相關資訊交流。

G. 在社會福利和課稅方面，為譯者爭取與文學、科技等作者同等的權益。

H. 促進設立與發展培訓譯者的專門課程。

I. 與其他國際、中央、地方相關組織合作，促進譯者權益。與聯合國、中央、地方的版權組織合作，交換相關版權訊息。

J. 與雇主及雇主相關的職業團體保持密切聯繫，以保護譯者的權益並協商集體合同。

K. 協助翻譯職業的發展。

㈧ 基於本建議書適用於所有翻譯工作者的原則，因此不論是否為翻譯工會會員，或專業翻譯團體的成員，所有翻譯工作者都應享有及履行第七條所列的各項權益及義務。

四、翻譯工作者的社會地位與財務

㈨ 獨立工作的譯者，不管是否領取版稅，應享有與文學、科技等作者同等有關退休、疾病、家庭津貼、免稅額等社會保險制度的權益。

㈩ 領薪的譯者應與其他領薪的專業職員享有同等的社會福利。合同上應明文記載譯者的科技專業地位，以確認其翻譯專業，並保障其權益。

五、翻譯工作者的訓練與工作條件

⑪ 各會員國原則上應了解並承認翻譯是一門獨立的學科。翻譯教育不同於單純的語言教育，因此不能混為一體。各會員國應鼓勵譯者的職業團體、大學或其他教育機構為譯者設立訓練課程，並開辦討論會或講習班。

⑫ 各會員國應考慮成立名詞中心以從事下列事項：

A. 提供譯者有關其工作所需的最新名詞訊息。

B. 與世界各地的名詞中心密切合作將科技術語標準化，以利譯者的工作。

⑬ 各會員國應與其他相關團體合作，促進各國譯者交流，以增進其對原文或譯文國家語言與文化的認知。

⑭ 為了增進譯作的品質，下列原則與措施應明文記載於譯者與雇主的合同內：

A. 應給予譯者合理的時間完成工作。

B. 應儘可能提供譯者任何可以幫助其了解原文或起草譯文需要的相關文件與資訊。

C. 一般通則，應自原始作品的原文翻譯，只有在絕對必要時才採取二重翻譯。

D. 譯者應儘可能將外文譯成其母語，或譯成其精通如同母語的語言。

六、發展中國家

㈤ 發展中國家可將本建議與原則做必要的調整，以適應本身的需要。調整時可參照 1971 年 7 月 24 日在巴黎修訂的國際版權公約，以及 1971 年在伯恩 (Berne) 召開的保護文學與藝術作品大會中制定的巴黎協定。

七、最後條款

㈥ 任何國家或地方，其譯者或譯作若享有比本建議書更優渥的保護措施，不應引用本建議書作為減縮的理由。

(原文見附錄一)

第四章
翻譯工作者必須具備的條件

林語堂在《翻譯論》(吳曙天,《翻譯論》,上海:光華書局,1933。)的序中提到,翻譯工作者必須具備三個條件才能做好翻譯工作:第一是譯者對於原文文字上及內容上透徹的了解;第二是譯者有相當的國文程度,能寫清順暢達的中文;第三是譯事上的訓練,譯者對於翻譯標準及手術的問題有正當的見解。這三個條件,無可諱言,對任何一個翻譯工作者來說,都是基本的必備條件,但若要進一步成為優秀的、對自我有所期許的翻譯工作者,則必須更進一步,要能夠辨善惡、謙虛、體貼、勤奮。現就這四點說明如下:

一、辨善惡

譯者是原文作者及譯文讀者間的橋樑。他必須對原文作者負責,也須對譯文讀者負責。對原文作者而言,譯者是君王時代的臣子,原作者則是君王,做臣的對君王要絕對的盡忠,但也應有擇君而事的勇氣和智慧。譯者和譯文讀者間的關係則如民主時代的政治家和人民。政治家有責任滿足人民所需,但也應為人民塑造理想,提供目標。嚴復所以能成為我國近代翻譯界的宗師,其中一個重要因素就是為當時中國社會提供了一個理想,一個目標。不管是滿足讀者所需或提供理想與目標,譯者都有責任替譯文讀者尋覓最好的,同時也為自己選擇明君。若無能力分辨菁蕪,選擇翹楚,那麼浪費的不僅是譯者本身的精力,也是譯文讀者的精力。在選擇時,原文作者的學經歷背景,及原文內容常可提供有力線索。古典文學作品,應選擇經考證確立的版本。科技新知,則應注意出版日期,避免已遭淘汰或不正確的資訊。

二、謙虛

謙虛的相反詞是驕傲與自滿。驕傲與自滿是尋求實相的絆腳石，而翻譯是一項尋求並傳達實相的工作。譯者尋求及傳達的實相就是原文作者所欲表達的意圖。

原文作者藉文字表達意圖。但文字涵義多變，譯者若一味自滿於自己現有的知識，不能謙虛地如孔子入大廟每事問的精神，則無法正確了解作者要表達的意圖，進而無法達成正確傳達其意圖的目的。

文字涵義有那些變化呢？

(一) 單字本身常具多重涵義，以 fine 為例

1. I paid a $1000 fine for speeding.
   我因超速被罰一仟元。
2. He was sick last week, but he is fine now.
   上星期他病了，但現在已痊癒。
3. Sometimes dust is so fine that we don't notice it until we begin to sneeze.
   有時灰塵太微小，我們根本不會注意，要等到打噴嚏才察覺。
4. It being a fine day, we take a leisurely walk through the park.
   天氣晴朗，所以我們到公園去隨便走走。
5. I enjoy writing with a pen that has a fine point.
   我喜歡用筆尖細的筆寫字。
6. We sell nothing but fine china.
   我們只賣精緻瓷器。
7. What a fine mess indeed!
   真是一團糟！（加強語氣）

8. He is a very fine poet.
他是個非常傑出的詩人。

㈡ 單複數涵義不同，以 more 為例

1. If you would like to know more, please contact the Alumni Office.
若要知道進一步詳情，請聯絡畢服會。（一般）
2. We know much more about the former than the latter.
我們知道前者比後者多。（一般）
3. What the farm worker observes on his television set are the often distant and somewhat alien mores of the urban, industrial world.
農人在電視上看到的往往是工業都市中的生活方式。這些方式對他們來說，遙遠又有點陌生。（社會學）

㈢ 地理、歷史、學科領域、文化背景不同，涵義生變

leader

1. More effective United Nations needs a new sort of leader to run it.
使聯合國變得更有效率，需要一種新的領導人來領導。（一般）
2. *The London Times* urged in a leader that the phoenix be bought for the Zoo. ——Sylvia Townsend Warner. "The Phoenix"
倫敦《泰晤士報》在社論中呼籲大眾替動物園買下鳳凰鳥。（英國）
3. Many small-scale farmers still rely on labor of experienced hands to prune the right branch, train the right leader, and harvest the ripe fruit.
許多小規模的農業經營者，仍然依賴有經驗的勞工修剪枝芽，採摘成熟的果實。（植物學）

tender

1. Babies are tender.

嬰兒是柔弱的。（一般）

2. Nine of the 25 foreign building firms granted licenses to tender for contracts in Japan are South Korean.
日本賦予外國建築公司投標執照的二十五家廠商中有九家是南韓廠商。（工商業）

3. He was the inventor of water pick-up troughs laid between the rails, whereby a scoop lowered into the trough from the locomotive or tender allowed additional water to be picked up whilst the train was running, thus making possible much longer non-stop runs.
他發明了鐵軌之間的儲水槽。火車在行進的同時，火車頭或者附掛於火車頭後的煤水車可以將一個長柄杓伸進儲水槽裡取水，這樣火車就不需要因為要停車取水而浪費了時間。（火車運輸）

4. Within each country, paper notes and coins are made legal tender by the government and must therefore be accepted in payment for goods and services.
在每一個國家裡，政府規定紙幣和銅幣都是合法的貨幣，因此必須被接受為償付貨物及服務的工具。（經濟學）

solicitor

1. How to cope with solicitors at your door? Be polite, be firm, and always take a minute if you do decide to buy, sign or donate.
如何面對登門的推銷員？態度要有禮，但要堅決。如果決定要買東西，要簽字，或要捐款的話，千萬要花點時間檢查清楚。（美國）

2. The Attorney General and Solicitor General are members of the Government.
司法部長和司法部次長都是政府官員。（美國）

3. The Solicitor of Labor is third highest ranking official in the Department and its chief legal officer.

勞工部法務官是勞工部位列第三的高級官員，也是勞工部的首席司法官員。（美國）

4. An experienced solicitor may well be able to give a better legal opinion and be a far better advocate than a beginner at the Bar.
提供訴訟人更良好的法律建議，為訴訟人作更有效的辯護，有時一個初出茅廬的高級律師，比不上一個有經驗的初級律師。（英國）
注：在英國，初級律師只能處理一般民事法事件，除了在一些小法院外，他們無權在法庭上公開辯護。

public school

1. Tim, the son of a former naval commander, was educated at Sevenoaks School, a minor public school in Kent, England.
提穆的父親以前是海軍司令。他小時候在位於英國肯特郡的瑟維奧克初級公學受教育。
注：公學是一種住宿制私立中等學校，培養上層階級子弟進入大學或擔任公職，重視人格教育，學生常參加教學活動，著名的公學有 Eton, Harrow, Rugby, Winchester 等。
2. He tried to toughen Charles up as a child by sending him to Gordonstoun public school in Scotland, where the prince became a target for bullies.
他為了使查理王子強橫一點，因此當他還是小孩的時候，就送他到蘇格蘭的葛登士頓公立學校就讀，結果查理王子在那裡成為被欺負的目標。
注：公立學校是美國、蘇格蘭、加拿大等國家，用稅款開辦的小學或中學。

㈣ 隨著時代變遷，字義變更，或用字變更

gay

1. A poet could not but be gay,

In such a jocund company.

——William Wordsworth (1770–1850). "I wandered Lonely as a Cloud"

在這樣歡樂的陪同下

詩人不得不也感到歡樂起來。(十九世紀普遍通用)

2. He repeats gay allegations he made last April against Prince Edward on a controversial American TV show.

在一個爭議性的美國電視節目上，他重複去年四月對愛德華王子是同性戀的指控。(二十世紀中葉以後普遍通用)

intercourse

1. A university training aims at refining the intercourse of private life.

——John H. Newman (1801–1890). "The Idea of University Training"

大學教學的目的，在增進私人間的溝通。(十九世紀普遍通用)

2. He admits having sexual intercourse with her but denies rape, claiming she instigated the act.

他承認跟她有性關係，但否認強暴。他指稱發生性行為是她引誘造成的。(二十世紀普遍通用)

natural philosophy

在牛頓的時代，物理學 (physics) 被稱為自然哲學 (natural philosophy)，這個名稱一直沿用到十九世紀。因此將 natural philosophy 翻譯為「自然哲學」對今日的讀者來說，是一種誤導。

1. John Tyndall was an English educator, and perhaps the greatest popular teacher of natural philosophy in the 19th century.

廷德爾是英國的一位教育家。很可能是十九世紀最受歡迎的物理學教師。

2. Isaac Newton (1686–1713) was the author of *Mathematical Principles*

of Natural Philosophy.

牛頓 (1686–1713) 著有《物理學之數學原理》。(√)

牛頓 (1686–1713) 著有《自然哲學之數學原理》(×)

experimentalist

科學家(十九世紀稱科學家為 experimentalist,現代改為 scientist)。

Michael Faraday was a brilliant 19th-century experimentalist who is known for his pioneering experiments in electricity and magnetism.

法拉第是位十九世紀才華橫溢的科學家。他是光學與電磁學的先驅。

注意:若將此名詞譯為「實驗家」則不妥。

negro

因有種族歧視的涵義,二十世紀八零年代以後在美國,普遍以 African-American 替代。

1. African-Americans frequently are refused service by taxi drivers in big cities.

   非裔美人在大都市常遭計程車拒載。

   注意:若將此名詞譯為「黑人」則不妥。

2. John Stuart Mill cannot help claiming the suffrage for the Negro.

   穆勒必須替黑人爭取投票權。

   注意:若將此名詞譯為「非裔美人」則不妥。

㈤ 與不同的介系詞組合變化無窮,以 live 為例

1. **live by** 為人處世依據某種信仰或原則

   Many people live by the saying that money talks.

   很多人以金錢萬能作為立身處世的座右銘。

2. **live down** 遺忘糗事、遺忘壞事

   Many people try hard to live down the unhappy experiences of their past.

很多人努力試著遺忘不愉快的經驗。

3. **live for**　為…而活

Many people live for pleasure only.

很多人活著只為了享受。

4. **live it up**　恣情作樂

Many people are determined to live it up and have a good time, but fail to watch their health.

許多人下定決心要恣情作樂，卻忽略了自己的健康。

5. **live off**　依賴…提供金錢或食物

Many people live off their parents until they are 18.

許多人十八歲之前都依靠父母。

6. **live on**　以…維持生命

Many people live on medicine.

許多人靠藥物維持生命。

7. **live out**　實現夢想、願望

Many people wish to live out their dreams.

許多人希望能實現夢想。

8. **live through**　經歷

Many people lived through two world wars.

許多人經歷兩次世界大戰。

9. **live up to**　不負所望、符合…期望

Many people fail to live up to their children's conception of them.

許多人無法符合孩子們心目中的形象。

(六) 片語、習慣語的字面涵義與實際涵義不同

1. I am tied up right now.

   我目前走不開。

2. If you need help when you move into your apartment, just give me a

holler.

你搬家時如果需要幫助就說一聲。

3. Although they were tired, they drew the line at taking a taxi.

雖然他們很累，但仍然不願坐計程車。

4. What was the final straw in the relationship between you and your roommate?

你和你室友最後決裂的原因是什麼?

5. He kicked the bucket last night.

他昨晚死了。

文字涵義如此多變，譯者怎能不謙虛地隨時充實自己呢?

三、體貼

同一種語文，因地理、歷史、文化背景不同，其文字常發展出不同的涵義及使用的方法。不同的語文，其差距更為巨大。譯者應以體貼的心為讀者提供正確、易解、易讀的譯文，換句話說，譯者在翻譯時，應考慮到譯文讀者的地理、歷史、文化背景以及閱讀時的順暢。現在分別以正確、易解、易讀這三方面作一說明。

正確就是不誤導讀者。例如歐美各國信奉基督教，非基督教信徒被視為異類，而以 pagan 稱之，意即異教徒。但在我國，佛教是主流，若將 pagan 譯為異教徒，則為誤導，若譯為非基督徒，則可避免。俄國雖位於我國北方卻位於英歐各國的東方。歐美作家筆下的東方常是指俄國、土耳其、阿拉伯一帶。十一世紀時，十字軍東征，這個「東」就是指現代的土耳其、敘利亞、黎巴嫩、約旦、埃及那一帶。Sylvia Towsend Warner 在 “The Phoenix” 一文中提到的 The East 指的就是阿拉伯。現代新聞媒體在俄國尚未解體前所提到的 The East 則是指東歐及以俄國為首的亞洲共產主義國家。傳統上，我們常自稱為東方，有時也擴大範圍，將日本、韓國、中南半島各國納入。若將 "There could be a new era of joint cooperation between East and West." 簡單譯為「東西雙方可能有合作的新時代。」就有可能誤導讀者。

易解就是使讀者一目了然，不必再花心思或時間苦苦思索。英語中的成語、文學作品中的典故、專有名詞、普通名詞等都是譯者可以表達體貼譯文讀者的地方。例如 "Calculus is his heel of Achilles." 如譯為「微積分是他的阿基里斯腳踵」，讀者就不易明白，但若譯為「微積分是他的致命傷」，讀者就一目了然。*Animal Farm* 是 George Orwell 的經典名作。書中有一地名為 Sugarcandy Mountain。西方讀者因大都讀過《聖經》，因此，不用多費唇舌就知道，此名詞源自《聖經》的《舊約》中上帝應允摩西及其子民的世外桃源 (Land of Milk and Honey)。但對中文讀者來說，若譯為糖山❶或甘蔗山❷，都毫無意義。但若譯者能體貼譯文讀者，將該名詞譯為他們能領會的「世外桃源」或「極樂世界」，則有助他們更能了解原作者的意圖。Schopenhauer 是德國知名哲學家，在中國已有大眾接受的譯名「叔本華」。但若譯者任意譯為「蕭偏傲」，雖然並不偏離原名的發音，但卻夠讓讀者傷腦筋苦思的了。翻譯的目的在使不懂原文的人能了解原文的涵義，因此普通名詞應以意譯為主。若將 "fans" 音譯為「粉絲」，對不懂英文的讀者來說，不但沒有解決他們的問題，反而嚴重的誤導他們。但若譯為愛慕者、仰慕者、迷戀者、死忠者、或簡稱為「迷」，如爵士迷、裴勇俊迷、貓王迷，則清楚明白。

易讀就是文字流暢，而非生硬拗口，辭不達意。例如「他不忽視身體，也不贊許忽視的人。他不贊成吃得過飽的人過量勞作；他可贊成強度勞作以消化胃口舒服地容納的分量。」這段文字就生硬拗口，辭不達意。若能修改為「他不忽視身體，也不贊成忽視身體的人。他不贊成飽食後劇烈運動，但卻贊成以運動來消化胃中過量的食物。」❸則就流暢易讀得多。

---

❶任羽譯，《動物農莊》，臺北：仙人掌，民國 60 年。

❷孔繁雲譯，《動物農莊》，臺北：志文，1992。

❸鄺建行譯，《追思錄》，香港：中文大學，1986，p. 6。

如何才能增進中文的流暢及表達能力呢?平日除了閱讀當代優良散文作家的作品外，翻譯大師傅雷先生認為應多讀舊小說，以便充實辭彙並熟悉我國固有句法及行文習慣。

四、勤奮

翻譯是件勞苦的工作，較創作有過之而無不及。辨善惡、謙虛、體貼均需要實際的支柱才能付之實現。所謂實際的支柱就是知識。學海無涯，譯者若不勤於隨時吸收知識，遇到問題不辭勞苦尋求答案，則不能完滿達成任務。因此勤奮是一個譯者最基本也是最重要的條件。

第五章
翻譯理論簡介

聯合國教科文組織在奈洛比發表的翻譯建議第三章第七條中提到,「譯者有義務提供包括文字與風格在內的高品質譯作,並保證譯文能忠實傳達原文」。引導譯者達到這個標準的中外理論很多,現就較重要的介紹如下:

一、中國

㈠ 道安(西元 312–385 年)

五胡十六國時期東晉、前秦時代的高僧。他除了講經說法之外,並倡導翻譯佛經。他認為翻譯佛經的時候要注意「五失本,三不易」。五失本是 A. 梵文與漢語的語法結構不同,翻譯的時候將梵文變更語序適應漢語,這是一失本。B. 原文平鋪直敘,譯文詞藻華麗,過度的修飾,使文意失真,這是二失本。C. 原文在歎德歌詠的時候,常叮嚀反覆,甚至有三、四次之多。譯文嫌其累贅,加以刪減,這是三失本。D. 原文中附帶說明的注解文字,於翻譯時被刪去而失去了本意,這是四失本。E. 原文敘述一件事完畢後,在敘述新的事情前,常重複前文,再敘述新事,譯文多省略重複部分而失本意,這是五失本。三不易指的是翻譯時的三種困難:A. 佛經中的聖人,教化眾人時常就地取材,依當時、當地的風俗、語言施教。譯者要將它們改為譯文讀者熟悉的語言與風俗是第一種困難。B. 聖人與凡夫之間,智慧的差別極大,要把千百年前聖人的微言大義,翻譯成一般人能懂的道理,是第二種困難。C. 佛經是由大迦葉、阿難尊者等五百位具神通的阿羅漢一起，在佛祖身邊，兢兢業業記錄編集而成。譯者只是一個平凡人，離開佛祖的年代又已經久遠，要正確地了解佛意翻譯是第三種困難。道安的「五失本，三不易」說明了他的翻譯主張是堅持忠實，傾向直譯。

㈡ 鳩摩羅什（西元 344–413 年）

五胡十六國時期後秦高僧，與南北朝時的真諦大師、唐朝的玄奘和不空大師，並稱為中國佛教四大翻譯家。胡適在《白話文學史》第九章中提到，依據我國近代的歷史語言學家陳寅恪（西元 1890–1969 年）的研究，鳩摩羅什的譯經藝術，有三個重點：「一為刪去原文繁重，二為不拘原文體制，三為變易原文」。他以羅什所譯《大莊嚴經論》的漢文本對照現存的梵文本，便發現「中文較梵文原本為簡略」，甚至該論「卷十一首篇之末節，則中文全略而未譯」。又據《喻鬘論》的梵文殘本與羅什譯的漢文本對勘，有兩節梵文原本為散文，譯成漢文則為五言一句的偈頌體（類似韻文）；另有兩節的梵文原本為偈頌體，而被譯成了漢文的散文。又有一處梵文的 Kanva，本為印度古仙人的專有名詞，如果直譯，中國人就不知是什麼了，所以羅什譯為中國人熟悉的普通名詞「諸仙」；還有 Mandara 及 Vindhya 原為印度傳說中的兩座大山之名，亦非中國人所習知，所以羅什將之譯成了中國人已經知道的「須彌山」。由陳寅恪這段話可知，鳩摩羅什翻譯理論的精神是以讀者為本位，傾向意譯。為了使譯文讀者容易吸收與了解，譯文在不違背原文的涵義下，不需計較句型與文字，可以順應譯文讀者的文化、習慣作適度的修改。

㈢ 玄奘（西元 602–664 年）

唐代高僧。他於唐貞觀三年（西元 629 年）出發前往印度取經，於貞觀十九年（西元 645 年）返回長安，帶回大小乘佛典五百二十筴，六百五十七部。其後將近二十年，他領導由全國各地佛門中選出的菁英，在譯場裡共譯出大小乘經論七十五部，一千三百三十五卷。玄奘在印度居留了十六年，不但精通梵、漢兩種語言，對當地的風土人情也清楚了解，因此他翻譯的佛典精確流暢，為世人所重。他提出的「五不翻」原則，也成了後世譯經者重要的翻譯依據。「五不翻」就是把梵語的佛經譯成漢語時，有五種情形不意譯，只保留原音，也就是音譯。這五種情形說明如下：

A. 祕密故，如陀羅尼：陀羅尼是一種神咒語，涵義微妙深隱，神祕不可思議，所以不翻。

B. 含多義故，如婆伽梵具六義：婆伽梵 (Bhagava) 是佛的尊號，有自在、熾盛、端嚴、名稱、吉祥、尊貴六種涵義，所以不翻。

C. 此無故，如閻浮樹，中夏實無此木：中國沒有閻浮樹，所以不翻。

D. 順古故，如阿耨菩提，非不可翻，而摩騰以來常存梵音：阿耨多羅三藐三菩提的意思是無上正等正覺，是可以意譯的。但是從東漢印度僧人摩騰來華開始，歷代譯經家都把它音譯，所以保留。

E. 生善故，如般若尊重智慧輕淺：般若 (prajno) 可以意譯為智慧。但譯成「智慧」顯得平凡輕淺，不若「般若」令人生敬重之心。

㈣ 嚴復（西元 1853–1921 年）

中國清末民初的思想啟蒙家、教育家、翻譯家。他早年公費留學英國學習船政，留學期間，對英國的社會政治發生興趣。甲午戰爭後，受中國戰敗的刺激，致力將西方的古典經濟學、政治學理論以及自然科學和哲學理論有系統地引入中國，啟蒙並教育了一代國人。其中尤以《天演論》、《原富》、《群學肄言》、《法意》、《穆勒名學》、《名學淺說》等書對當時影響巨大。嚴復的譯筆嚴謹流暢，並在書中加了大量按語，發揮自己的見解，成為他翻譯的特色。在《天演論・譯例言》中他提出了信、達、雅為翻譯的標準，為譯者所重。信，就是忠於原文。達，就是讀者能夠看得懂。他說，如果只是忠於原文，而讀者看不懂，那麼就等於沒有翻。為求讀者能夠看得懂，譯文不必「斤斤於字比句次」，而是要譯者「將全文神理，融會於心。」這樣，「下筆抒詞，自善互備。」如果原文的涵義艱深難懂，那麼就要「前後引襯，以顯其意。」雅，就是行文用字典雅通順、有文采。

㈤ 傅雷（西元 1908–1966 年）

傅雷早年留學法國，學習藝術理論。歸國後，致力於法國的文學翻譯與介紹工作，翻譯的文學名著多達三十餘部。其中尤以羅曼・羅蘭的《約翰・克利斯朵夫》和巴爾扎克的《高老頭》最為膾炙人口。他曾重譯《約翰・克利斯朵夫》、《高老頭》和《貝多芬傳》。《約翰・克利斯朵夫》是一本長達百萬言的諾貝爾文學獎長篇巨著，1937 年傅雷費時約四年把它翻譯完畢。到了 1953 年他又費時兩年重譯。他初次翻譯《高老頭》在 1944 年，其後他分別於 1951 年和 1963 年兩次重譯。譯作態度的嚴謹可見一斑。在《高老頭》重譯本的序中他提到，譯文和原文常是兩種完全不同的文字。尤其是中西文，差異更大。不但詞類、句法構造、文法、修辭、格律、俗語不同，就是反映思想的方式、觀點的角度、風俗傳統、信仰、社會背景、表現方法都不同。他反對破壞本國文字結構與特性來傳達原作的精神。因為結果必然是削足適履，兩敗俱傷。他認為「理想的譯文彷彿是原作者的中文寫作。那麼原文的意義與精神，譯文的流暢與完整，都可以兼籌並顧，不至於再有以辭害意，或以意害辭的弊病了。」

二、西方

㈠ 西賽羅 (Marcus Tullius Cicero, 106–43 BC)

古羅馬政治家、演說家、哲學家、作家。他將荷馬的《奧德賽》以及柏拉圖 (Plato)、色諾芬 (Xenophon)、阿拉圖斯 (Aratus) 等古希臘先哲的作品譯成拉丁文，由此將古希臘的哲學與人文思想傳播到歐洲。在翻譯埃斯基涅斯 (Aeschines, 390–314 BC) 和狄摩西尼 (Demosthenes, 384–322 BC) 這兩位雄辯家的互辯時，他描述自己的翻譯原則：「我不是以傳譯人的身分，而是以雄辯家的身分翻譯。我以國人習慣的本國語言保留原文的思想、文章風格、語言張力。我不認為達到這個目的需要一個字一個字直譯。」

㈡ 泰特勒 (Sir Alexander Fraser Tytler, 1747–1813)

蘇格蘭法學家、歷史學家。在《論翻譯的原則》(*Essay on the Principles of Translation*) 中他提出對優良翻譯的看法：原作的價值以另一種語言完全表達出來。譯文讀者和原文讀者可以同樣清楚了解並且強烈感受原文要表達的訊息。他並把這段話濃縮成三個原則：A. 譯作應完全謄錄傳達原作的思想。B. 譯作的風格與呈現的手法應和原作性質相同。C. 譯作應與原作同樣流暢。

㈢ 奈達 (Eugene A. Nida, 1914–)

美國語言學家、學者、作家、教育家。1943年獲語言學博士學位後就加入美國聖經協會 (American Bible Society)，並致力於《聖經》的翻譯。他前往非洲與拉丁美洲，實地了解當地《聖經》翻譯的情況，訓練並教育當地的《聖經》翻譯人員。為了希望全球各種不同文化風俗與語言背景的人，都能夠看得懂《聖經》翻譯本，他根據實際的經驗，提出動態對等理論 (dynamic equivalence)，後來修正為功能對等理論 (functional equivalence)。他的理論，受到廣泛的迴響，不僅影響了《聖經》的翻譯，也影響了所有的翻譯。奈達認為，翻譯的首要任務是重現原文要傳達的訊息。重現原文運用的是「對等」的方法而非「同等」的方法。每一種語言都有它的獨特性，所以翻譯時要尊重譯入語。好的譯文讀起來不應該像譯文，而是要像譯文讀者的本國語文。動態或功能對等理論就是根據這些觀點形成。為了使譯文讀者讀完譯文後，可以獲得和原文讀者讀完原文後同樣的感受，譯者可以更改原文表達的方式，達到對等的效果。例如，我國形容一個人很聰明，就說這個人像諸葛亮。但如果譯成英文，一般英美人士並不知道諸葛亮是誰，為了譯文讀者容易了解，譯者就可以更改表達的方式，說這個人像所羅門 (Solomon)。又例如，《聖經》的《新約》中《以弗所書》(Paul's Letter to the Ephesians) 比較深奧難懂，如果譯文讀者是初學者，那麼譯者就可以將譯文調整，方便譯文讀者了解，以便成功傳遞原文要傳達的訊息。

㈣ 紐馬克 (Peter Newmark, 1916–)

英國語言學家、教授。根據德國語言學者 Buhler 的理論，認為語言的主要功能有三種，就是表達、傳達、說服 (expressive, informative, vocative)。表達性著作主要是作者表達個人思想與感受，因此重點是作者。作品主要包括文學作品、個人傳記、信札、演說等。傳達性的著作重點是傳達或闡明某項真理或知識，因此重點是真理或知識。作品主要包括各類科技作品、教科書、報告、報章雜誌的文章等。說服性的著作重點是說服讀者以達成某項特定的效果，因此重點是讀者。作品主要包括笑話、幽默作品、宣傳、廣告、用品指南等。讀者也可分為三種，分別為精通特定領域的專業人士 (expert)、對該特定領域有相當認識的非專業人士 (the educated layman)、對該特定領域不熟悉的一般人士 (the uninformed)。我們可以把他們簡稱為專家、業餘人士、一般大眾。翻譯的單位 (unit of translation) 指在翻譯時為達到意義完整不能分割的最小單位 (The smallest entity in a text that carries a discrete meaning.)。翻譯單位的大小並沒有一定，時時在變化。它可以小到一個字，也可以是一個片語，一個句子，最大可以大到整個段落 (It varies all the time, ranging from individual words through phrases and sentences right up to entire paragraphs.)。翻譯的單位越小，譯者自我發揮的空間也就跟著縮小。相反的，翻譯的單位越大，那麼譯者自我發揮的空間也就跟著放大。

一般來說，翻譯表達性的著作，訴求的讀者群若為專家或業餘人士，則翻譯的單位宜小，以便保存原著的精神。但讀者群若為一般大眾，則翻譯的單位有較大伸縮的空間，以便於讀者了解與吸收。翻譯傳達性著作時，則只要把原文要傳達的「真相」，以譯語流暢正確地傳達給特定的讀者群就可以了，因此翻譯單位比表達性著作較大。說服性著作，則應順應讀者不同的風俗文化、教育程度、生活習慣、地理環境、歷史傳統等各種因素，以較大的翻譯單位翻譯，以便達成預定的效果。以上的分類只是一個大概，因為一個著作常融合各種語言的功能，讀者的分類也可更進一步以年齡、性別、教育程度等來細分。譯者必須掌握原則，靈活運用，以便達到翻譯的首要任務：使譯文讀者讀完譯文後，獲得與原文讀者讀完原文後同樣的感受，也就是「同等效果」(equivalent effect)，也稱為「同等反應原則」。以美國著名的俄裔作家及翻譯家 Vladimir Nabokov (1899–1977) 為例，他翻譯 Lewis Carroll 名著 *Alice's Adventures in Wonderland* 與 Aleksandr Sergeevich Pushkin 文學名著 *Eugene Onegin* 時就採用了迥然不同的方法。在翻譯 *Alice's Adventures in Wonderland* 時，他將讀者群定位為兒童。為了使俄國的兒童閱讀譯文時，可以產生和英國兒童閱讀原文時同樣的感受，他將主角 Alice 的名字俄化為俄國兒童熟悉的 Anya。在 *Alice's Adventures in Wonderland* 中有許多詼諧的打油詩文、雙關語、和押韻童謠，原文都是根據英國兒童在學校裡讀過的英國作家作品改寫，Nabokov 則將它們改以俄國兒童熟悉的俄國作家作品改寫。他也將許多情境俄國化。例如在第二章 “The Pool of Tears” 中 Alice 遇到了一隻老鼠，因為牠聽不懂英文，所以 Alice 想，牠大概是一隻法國老鼠，是跟著 William the Conqueror 來到英國。但 Nabokov 將牠俄國化，改成 Anya 想，牠是跟著 Napoleon 入侵俄國的時候來到俄國。但當他翻譯 *Eugene Onegin* 時就不同了。這本 Pushkin 的文學巨著以詩的形式呈現。Nabokov 將讀者群定位為研究俄國語文的學者與學生。因此他翻譯的時候並不講求可讀性，而是講求文字背後的歷史典故與文化背景。他採用直譯法，儘量找與英文相近的同義字，不直接意譯，只是在文後注解，以保存原著的風貌。結果四冊英譯本附了近九百頁的注解。

第六章
翻譯參考工具與諮詢管道

人類知識涵蓋的領域深且廣，不是任何個人可以完全精通掌握的。近年來為了因應科技的快速演進，社會的急劇變化，分科越精，新字彙與日俱增。原文作者可以選擇個人專長發揮，但譯者在這方面的選擇就受到很大的限制，因此熟悉瞭解各種相關的參考諮詢管道，就成為一個好的翻譯者必要的條件。正如英國著名的文人約翰生所說：「知識有二種。一種是我們真的瞭解某個主題，另一種是我們知道可以找到關於這個主題各類資訊的地方。」(Knowledge is of two kinds. We know a subject ourselves, or we know where we can find information upon it.——Doctor Samuel Johnson) 一個翻譯工作者如果知道何處可以找到所要的資訊，他就已經成功了一半。

一般日常中英互譯的基本參考諮詢管道大約可分為下列數種：

一、參考諮詢圖書管理人員

圖書館是知識的寶庫，而掌管這寶庫鑰匙的就是參考諮詢圖書管理人員。如在翻譯時遇到難題，卻不知有何種工具書可以得到答案，或不知該特定圖書館是否有該特定的工具書，圖書管理員是指點迷津的最佳人選。

二、字典、辭典

一般語文用字典分單語及雙語兩種。單語指用同一種語言解釋字義或詞意，如中文的《康熙字典》，英文的 *Oxford English Dictionary*。雙語指以譯語解釋字義，如各類的英漢、漢英字典。選用字、辭典時，應注意編者的履歷及聲望、出版者是否為學術機構或聲譽良好的出版社，以及出版日期。尤其是出版日期，因為隨著社會的變遷及科技的發展，常有新字形成，或舊字孳生了新義，例如 acid，傳統的舊義是酸，但在 1960 年代，它添加了迷幻藥的新義，那麼一本 1960 年以前出版的字典，就不可能登錄這個字義了。通常聲譽良好的字典，均不斷修正並發行補充本。以牛津英文字典 (*Oxford English Dictionary*) 為例，初版收集的字彙只限流通於 1879–1928 年之間。1933 年出版第一次補充本，1972–1986 年共出版四卷第二次補充本，1989 年推出第二版。版中搜羅了第一版問世後新生的五千個新字彙。目前該字典正在著手第三版的編纂工作。就翻譯的立場而言，如無必要，應儘量避免使用雙語字典。因為雙語字典編譯費時，常趕不上新字新義形成的速度，並且所譯的字義，常不能切中，因此過分依賴雙語字典，容易被誤導。下面的句子是一個例子：

He objected that the plan is not practical.

"object" 若當動詞，一般英漢字典均解釋為「反對」。因此正確的譯文應該是：

他反對那個計畫是不可行的。

但這樣的譯文可能有三個完全不同的涵義。⑴ 他贊成那項計畫，所以反對別人認為那個計畫是不可行的。⑵ 他反對那個計畫，因為那個計畫不可行。⑶ 他反對那個計畫，但是沒有用，那個計畫還是會被執行。

但若使用一本好的英英字典，如 *Oxford Advanced Learner's Dictionary of Current English* (6th ed., 2000)，它就會很清楚的告訴我們，"object" 當動詞時有兩種用法："object to" 及 "object that"。"object to" 用來表示不同意、不贊成，或反對某個人、某件事。例如 "I really object to being charged for parking."（我真的不贊成停車要付費）。"object that" 則用來提出不同意、不贊成的理由。例如 "He objected that the police had arrested him without sufficient evidence."（他抗議是因為警察沒有足夠的證據就逮捕他）。

清楚了解字義後，就可以輕鬆正確地將這句話翻譯為：「他反對這項計畫，因為它不切實際。」

下面介紹幾種較特殊的字典。但要注意，各類參考工具日新月異，這裡介紹的只供參考。

㈠ 中文古書索引

將英文回譯成中文時，常需要參考書的協助，以取得正確的行文。孔子、孟子、莊子、老子，這幾位先賢的作品，最常被英文書籍引用。哈佛燕京學社早期曾出版《論語引得》、《孟子引得》、《莊子引得》等多種古典經書索引。近年大陸成立了「引得編纂處」，專門編纂古書引得，已出版了《哈佛燕京學社引得》、《十三經引得》、《八十九種明代傳記綜合引得》等十數種，可供參考。

㈡ 大陸用語檢索字典

海峽兩岸分隔近六十年，日常用的字詞已有差距。將大陸出版的文獻英譯時，常遇到困難，例如「在邊遠貧困地區，流生增加，入學率下降。」若不知道「流生」的涵義，就無法翻譯。要解決這方面的困難，可利用下列這類的工具書：

《現代漢語詞典》，北京：中國社會科學語言研究所詞典編輯室，1998。

《中共常用詞語彙編》，臺北：《大陸內幕》編委會，1991–1997。

㈢ 首字聯語字典

首字聯語是一種新字彙。其形成的方法是取一串字的首字，縮寫成一個新字。但一個縮寫成的新字有可能適用於很多狀況，例如 WTO 是 World Trade Organization 的縮寫，但也可能是 Warsaw Treaty Organization 的縮寫，也可能是 World Telecommunications Organization 的縮寫。翻譯者若無法找出縮寫的正確字串，就無法正確翻譯。這方面的參考書以紐約 Gale 出版公司出版的一系列相關字典最受推崇。該系列參考書均定期更新。網上也有不少的電子首字聯語字典可供參考。

㈣ 引句字典

中外著名的諺語及雋句常被相互引用。一般西方的引句字典都以作者、主題排列，並附有詳盡的關鍵字索引，所以用起來很方便。例如要將富蘭克林的名言「吃得少，活得久。」回譯成英文，我們只要知道作者的名字是 Benjamin Franklin，或主題是 life，就可以在引句字典中找到正確答案與出處："To lengthen thy life, lessen thy meals. ——*Poor Richard's Almanack*, 1737."。

最著名的引句字典是 *Familiar Quotations*。這本書由 John Bartlett 主編，於 1855 年初版，到了 1919 年已出版到第十版，1996 年並出版光碟版，網上版的網址為：http://www.bartleby.com。

㈤ 中國人名字典

將中國人名音譯成英文看起來不難，其實不容易。自十九世紀到今日，將漢語音譯成英語的系統大約有五種，分別為韋氏音標 (Wade-Giles)，羅馬拼音（趙元任），耶魯系統 (Yale Romanization)，國語注音第二式（中華民國教育部），漢語拼音（中華人民共和國）。最近又增加了一個通用拼音。除了拼音系統混亂外，國人將名字英譯時，有採字號的，如國父孫中山先生 (Sun Yat-sen)；有採中國習俗，將姓放在前名在後的，如李登輝 (Lee Ten-hui)；有採西洋習俗，將名放在前姓在後的，如李安 (Ang Lee)；有採英文名字的，如成龍 (Jackie Chan)；有中英文名字並列的，如錢復 (Fredrick F. Chien)；有採方言拼音的，如中國第一位留學生容閎 (Ying Wing)。由此可見，無論將中文名字英譯，或將英譯的名字回譯，都得借助參考諮詢管道。

臺灣地區翻譯人名時可參考：

《中華民國名人錄》(*Who's Who in the Republic of China*)，臺北：中央通訊社，1999–。

本為《世界年鑑》的一部分，自 1999 年起單獨編輯成書。附中文姓氏索引、英文姓氏索引、中文姓名索引。

《標準譯名錄》，臺北：中央通訊社，民國六十九年。
附外國人自定中文姓名英文對照表及華裔人名中英文對照表。可惜沒有定期更新。

《英文版中華民國年鑒》
介紹中華民國年度的政治、外交、軍事、經濟、教育、科技、文化、運動、交通等各項現況。在本書範圍內的相關人名、組織均刊有中、英文譯名。

當代人名則可參考外交部網站及各大中英文報紙。

大陸地區翻譯人名時可參考：
《中國大陸領導人詞典》，李穀城，香港：明報，1997。
當代中國大陸領導人中英文名字及簡歷，附繁簡體筆劃索引。

Who Was Who in the People's Republic of China. 2 vols. Wolfgang Bartke, ed. München, Saun, 1997.
歷史上中國大陸領導人中英文名字及英文簡歷。例如愛新覺羅溥儀的英文譯名是 Aisin Ghiorroh Pu Yi。

現代人名則可參考下列三個網站：
http://www.fmprc.gov.cn　（中國外交部網站，雙語。）
http://www1.mofcom.gov.cn　（中國外經貿網站，雙語。）
http://www.people.com.cn/item/zgjgk/main.html　（中國機構及主要領導人資料。）

㈥ 外國人名字典

外國人名音譯成中文在臺灣並無一定的法則，所以美國總統柯林頓的紅粉知己 Monica Lewinsky 的中文譯名達十二個之多，分別為李雯思綺

(*China Post*)、莫妮卡・陸文斯基（《聯合報》、《聯合晚報》）、柳思基（《中國時報》）、陸雯絲姬（《中時晚報》）、萊溫斯基（中天）、蘿恩斯基（中視）、李雯斯基（華視）、李文絲基（民視）、露溫斯基（TVBS）、呂茵斯基（《中央通訊社》、《自立早報》、《民眾日報》、《中央日報》、臺視）、露文斯基（《自立晚報》）、李文斯基（《自由時報》）。已被普遍接受的譯名，也沒有較權威的參考書籍。一般可查閱漢英詞典、《大英百科全書》、《大美百科全書》作為參考。

中國大陸自 1958 年頒佈漢語拼音以來，對中國的專有名詞（人名、地名、機構名）西譯，或將外國的專有名詞漢譯時，訂下了一些通用的規範，因此大陸的翻譯工作者在這方面比臺灣的少了一些自由。但是每一個外文的音都可能不止一個漢字可以表達。例如 "ma" 這個音就可以有「瑪」、「馬」、「碼」、「麻」、「摩」等不同的同音漢字，因此專有名詞的翻譯，仍然需要統一。大陸出版有關外國人名譯名較重要的字典為：

《世界人名翻譯大詞典》，新華通訊社譯名室編，北京：中國對外翻譯出版公司，1993。此書附威氏與漢語拼音對照表。

(七) 地名字典

和人名一樣，外國地名音譯成中文在臺灣並無一定的法則。國立編譯館依據教育部在民國四十四年發佈的外國譯名編成《外國地名譯名》，並於 1995 年出版。這是臺灣地區最重要的地名字典。書中音譯的部分以韋氏字典的音標為準則。全書分兩部分，前半部為中文字首，後半部為英文索引，可相對比較。

中國大陸出版的地名字典較重要的有：

《世界地名翻譯手冊》，北京：知識出版社，1988。

內附外國地名更名資料及香港地名。

《21 世紀世界地名錄》，蕭德榮、周定國主編，共 3 冊。北京：現代出版社，2001。

㈧ 術語字典

這類字、辭典主要介紹術語譯名。若為單語字典，則提供定義，方便譯者找出適當的翻譯。各類的術語字典很多，如《礦物學名詞》、《天文學名詞》等。電腦已成為現代人生活必需品。電腦新產品引申出來的新字彙常是翻譯工作者的一大挑戰。若能知道這些電腦術語的涵義，意譯的時候，就容易多了。這裡就有一個免費的電腦術語英文網上字典：

http://www.pcwebopedia.com

三、百科全書 (encyclopedia)

百科全書與字典相仿，只是注解更為詳盡，亦可分一般性及專業科目等兩類。中文較重要的一般性百科全書有《中國大百科全書》(中共國務院主編，臺北：錦繡出版社)、《中華文化百科全書》(臺北：黎明書局)、《大英百科全書》及《大美百科全書》中譯本。英文最享盛名的是 *The New Encyclopedia Britannica* 和 *Encyclopedia Americana*。這兩大百科全書都有網上版，但須付費。新成立的維基百科是一個多語言的網上百科全書，中文版成立於 2002 年 10 月。目前尚為免費，網址為：

http://en.wikipedia.org/wiki/Main_Page

有一個專門提供英文神話與民間傳說的網上百科全書，網址為：

http://www.pantheon.org/mythica.html

四、年鑑、指南 (yearbook, almanac, directory)

世界各國政府每年均出版年鑑或指南，介紹該國年度的政治、外交、軍事、經濟、教育、科技、文化、運動、交通等各項現狀。以《中華民國 1993 年英文年鑑》為例，書中登錄有臺灣著名人物、各大政黨、政府各級機構、外交使館、對外條約、大專院校、新聞傳播媒體、民間團體、重要節日等中英文名稱，是具有時效性的重要參考資源。

五、專家學者

此處所指的專家學者，除了學有專精之人外，也包括以原文為母語的外籍人士。當翻譯牽涉到專業領域、風土民情、時尚習俗時，參考工具書有時並不能提供所需的資訊。上述人士的協助是達成翻譯任務的唯一途徑。而地區內之外國使館、外僑學校、大專院校的外語學院，都是提供外籍人士最佳的場所。

六、通訊社、報社

具時事色彩名稱的翻譯，可上網參閱該地區的中英文報章雜誌。

七、作者本人

作者如為當代人士，則與他保持密切聯繫，討論一切原文上有疑惑的地方。如非當代人士，而其著作為表達性強烈的文字，則閱讀一切有關該作者的傳記及作品。譯者將發現，熟悉原文作者，與原文作者溝通，將使翻譯工作事半功倍。

八、各類線上參考網址

自從電腦普及以後，如 Google 一類的搜尋引擎已成為翻譯工作者的百寶箱，可善加利用。

第七章
翻譯的步驟

翻譯一般可分為四個步驟：

一、閱讀

翻譯的第一步是閱讀。初學翻譯的人常常沒有耐心，喜歡邊讀邊譯。除了極簡易的短文外，此法並不可取。要明白原文作者的意圖，譯者必先熟讀原文，以了解全篇的旨意，文章的性質和題材，及作者的風格。遇到專有名詞、專業名詞、尚無統一譯法的普通名詞、困難的文法結構等地方，要做標記、記錄，並要找尋相關的諮詢管道及工具尋求答案。當一切胸有成竹時，才能著手翻譯。傅雷在致羅新璋論翻譯書裡就提到「事先熟讀原著，不厭求詳，尤為重要。任何作品，不精讀四、五遍決不動筆，是為譯事基本法門。」R. Howard 在翻譯戴高樂的《戰時回憶錄》之前，先花費許多時間閱讀古典歷史作家的譯文作為參考。名家尚且如此，初學者更不能對此第一步掉以輕心。

二、粗譯

以原文為基礎，只考慮原文的風格及讀者分類著手翻譯。翻譯時並不理會譯文的好壞，只求將原文的意思譯出來。

三、精譯

譯文的任何一個字彙、一組辭句、一個段落，若有意義不清、涵義抽象或語含比喻時，譯者應自問，作者的真正意圖是什麼？是否有更好的表達方式？中文是否有對等的方式處理？是否需增減字句或加注釋以便使文意更清楚？讀者的接受力如何？根據這些考量修改譯文。

四、整合與潤色

檢查全篇的通暢性、時代性和合理性，也就是檢查全篇是否有不合中文語法的詞句、不合時代的用語及上下文表達的意念是否合理等。此外也要檢查標點符號、虛字、連接詞、形容詞等等的正確性及貼切性，作最後的整合與潤色。

英譯《老子》、《孟子》、《論語》、《道德經》的現代翻譯家劉殿爵先生，他翻譯的步驟，或可給後學者作一個示範。他說：「第一次只求將原文的意思一無遺漏的譯出來，不理會譯出來的文字的好壞，過了幾個星期，拿出來再看，不看原文，純粹作文字上的修改，改完了又跟原文對一遍，每次改完再對，《論語》一書，我就修改了七、八次，做到讀起來是流暢的英文，而不失原文的意思。有人以為翻譯可以邊看邊譯，這其實是沒可能的。」

下面提供翻譯步驟的三個實例。

例一

Story Line

Two-Time Pulitzer(1) Prize-winning reporter *Homer Bigart*(2), who died last April, did not get off to an auspicious start at the New York *Herald Tribune*(3) in 1929. A shy man with a pronounced stammer, he was a painfully slow writer. Then he discovered that he could use his halting speech to become more effective. The stammer made it easier for him to pose as a *bumbler*(4) who was not very smart. "G-g-gee," he would often say to someone he was interviewing, "I d-d-didn't really understand that. C-c-could you repeat it?"

Most people responded by going to extra lengths to make sure that Bigart got the story straight. As a result, his articles seemed to be clearer than anyone else's, and the quotations were invariably richer.

——Richard Severo in *New York Times*

一、閱讀

這是述說一名有口吃毛病的記者如何反敗為勝獲得成功的故事。全文簡潔，為一傳達性的文章，讀者為一般大眾。了解全文後將困難的地方做標記，尋找答案。

⑴ Pulitzer：已有普遍被接受的譯名為普立茲新聞獎。

⑵ Homer Bigart：依照翻譯專有名詞的原則可譯為畢佳特。

⑶ New York *Herald Tribune*：已有普遍被接受的譯名為紐約《先鋒報》。

⑷ bumbler：說話沒有條理的人。

二、粗譯

故事線上

二次獲得普立茲新聞獎的記者畢佳特，他死於去年春天，在 1929 年開始在紐約《先鋒報》工作時並沒有好兆頭，他是一個害羞的人，說話明顯結巴，寫得既痛苦又慢。然而他發現他可以用他的結巴變得更有效率。結巴使他很容易扮成說話沒有條理的人，不太聰明。他常在採訪時說：「我真的不明白。是不是可以請你再說一次?」

大部分的人以額外的長度來回應他，確保畢佳特弄清楚了整個故事。作為一個結果，他的作品似乎永遠比任何一個別人更清楚，並且引語也不變地更豐富。

三、精譯

檢查粗譯稿發現標題與內容不符，並且語句不夠精簡，句子有歐化的傾向，標點符號亦需修正。檢閱參考資料發現，**story** 在 *Oxford Advanced Learner's Dictionary of Current English*, 1974 中的注解為 "(journalism) any descriptive article in a newspaper"。**line** 在 *Webster Third New International Dictionary* 中的注解為 "a field of business or professional activity (worked in the plumbing line)"，因此 story line 譯為新聞業較為恰當。

新聞業

四月逝世的畢佳特，得過兩次普立茲新聞獎。因為他口吃、害羞、文思又不敏捷，所以在 1929 年初入紐約《先鋒報》服務的時候，前途並不看好。但他卻能扭轉乾坤，反敗為勝。他的方法是在訪問時，利用口吃將自己扮演成不太精明的樣子。他會這樣說：「呀—呀—呀—呀—我—我—我—真的還弄不清楚。你—你—你—能不能再說一次?」

大部分人會再講一次，並且講得更詳盡，讓畢佳特把整個事情的來龍去脈弄清楚。結果，畢佳特的採訪稿似乎永遠比別人好——內容詳盡，引述豐富。

四、整合與潤色

不看原文，檢查全篇的信、達、雅，作最後的整合與潤色。

新聞業

甫於四月間去世的記者畢佳特，曾二度榮獲普立茲新聞獎。1929 年他初入紐約《先鋒報》服務時，因患口吃，生性羞怯，文思遲鈍，故並不被看好，但他卻能反敗為勝，在採訪時，以自己的弱點裝成愚鈍的樣子贏得人們的同情心。他常以口吃的方式請求道：「呀—呀—呀—我—我—我—我真的還弄不清楚。你—你—你—能不能再說一次?」

通常人們會更詳盡地再講述一次，確保畢佳特弄清楚整個事件始末。結果，他的採訪稿似乎永遠比別人的內容詳盡，引述豐富。

例二

This Was My Mother

Samuel Langhorne Clemens(1)

My mother, Jane Lampton Clemens(2), died in her 88th year, a mighty age for one who at 40 was so delicate of body as to be accounted a confirmed invalid, destined to pass soon away. But the invalid who, forgetful of self, takes a strenuous and indestructible interest in everything and everybody, as she did and, to whom a dull moment is an unknown thing, is a formidable adversary for disease.

（以下從略）

一、閱讀

全文記述作者母親為人處世的態度，為表達性的文章。讀者分類定為受過相當教育的一般人士。此為第一段。先標記困難處，尋求答案。

(1) Samuel Langhorne Clemens：十九世紀末二十世紀初美國著名小說家，

筆名馬克吐溫，真名在我國鮮為人知。

(2) Jane Lampton Clemens：作者母親名。在我國尚未有一般被普遍接受的譯名。視讀者分類考慮是否介紹歐美婦女姓氏習俗。

(3) 文體擬採十九世紀末二十世紀初之文言體，以符合原作者的時代。

二、粗譯

我的母親　　　　尚繆・克利蒙斯❶

我的母親，珍妮・蘭泊朧・克利蒙斯，八十八歲時去世，是個高齡，在四十歲時，身體就很虛弱，被認為是個不能痊癒的病人，註定不久就要死亡。但是這個病人，她忘了自己，對每一個人，每一件事都採取強而不能磨滅的興趣，當她這麼做時，對她來說，無聊時刻是不為所知的，是疾病可怕的對手。

❶筆名為馬克吐溫。

三、精譯

檢查粗譯稿，作必要的修整。尚繆・克利蒙斯鮮為人知，改為馬克吐溫。其母名太長，可精簡後加注。

我的母親　　　　馬克吐溫❶

我的母親名叫珍妮・克利蒙斯❷。她在四十歲時，身體就很虛弱。大家都認為她的病永遠好不了，很快就要離開人世，但她卻活到八十八歲高齡。這是因為母親對每一件事、每個人都有極大的興趣，投入的程度到了忘我的境界。因此她從來不知道什麼叫無聊。這樣的人，對疾病來說，實在是個可怕的對手。

❶此為筆名，原名為尚繆・克利蒙斯 (Samuel Langhorne Clemens)。

❷全名為 Jane Lampton Clemens。Clemens 為夫姓。歐美風俗，婦女婚後冠夫姓，除娘家姓。Lampton 為其中間的名字，並非娘家姓氏。

四、整合與潤色

我的母親　　　　馬克吐溫❶

家母珍妮・克利蒙斯❷，於四十歲時即已體弱多病，人皆謂其將不久人世，然卻壽至八十八高齡。究其因，無他。童心未泯，慈悲為懷，渾然忘我耳。蓋無暇自憐者，病魔亦不能逞也。

❶此為筆名，原名為尚繆・克利蒙斯 (Samuel Langhorne Clemens)。

❷全名為 Jane Lampton Clemens。Clemens 為夫姓。歐美風俗，婦女婚後冠夫姓，除娘家姓。Lampton 為其中間的名字，並非娘家姓氏。

例三

市場口　　　　陳長華

老畫家李石樵(1)有一幅油畫「市場口」，描寫民國三十年代的臺北大稻埕永樂市場(2)。有一天，他和我談起這幅畫，我問他有沒有吃過市場「爆孔口」(3)的扁食意麵(4)，賣吃的那一家人和顧客都很入畫呢。

永樂市場原本是個特色十足的傳統市場。在靠近迪化街(5)，和永樂戲院隔街相望的出入口，以前還有個暱稱叫「爆孔口」。臺灣人說火車「過爆孔」(6)——是過隧道的意思。這個市場的出入口形若隧道，左右兩側都有小吃攤，由福州佬(7)主持的麵攤在入口的右側。

（以下從略）

一、閱讀

由一幅畫勾起了兒時的回憶，為一表達性的文章。讀者分類定為受過教育的一般人士。現以第一、二段為例，標記困難處，尋求答案。

(1) 查閱中國名人錄及其他相關參考資料決定李石樵是否已有被接受之譯名，若無，則選擇適當的羅馬拼音系統（見本書第十一章第二節）。本書採用漢語拼音。李石樵：Li Shi-qiao。
(2) 大稻埕永樂市場：Yong-le Market at Da-dao-cheng。
(3) 爆孔口：本文有濃厚的鄉土味，故根據臺語發音譯為 bong-kang-kau。
(4) 扁食意麵：音譯為 bian-shi-yi-mi，意譯則為 ravioli noodles，音意混譯則為 bian-shi noodles。本文有濃厚的鄉土味，故採音譯。
(5) 迪化街：Di-hua Street。
(6) 過爆孔：本文有濃厚的鄉土味，故根據臺語發音譯為 gui-bong-kang。
(7) 福州佬：Fujouese。

二、粗譯

The Entrance of a Market　　Chen Chang-hua

The picture *The Entrance of a Market* painted by an old painter, Li Shi-qiao, presented Yong-le Market at Da-dao-cheng in Taipei in the 1940s. One day, the painter talked about this painting with me, and I asked him whether he had eaten bian-shi-yi-mi (ravioli noodles) at the market. The family who sold the bian-shi-yi-mi and the customers were picturesque.

Originally, Yong-le Market was a traditional one with many features. The entrance was near Di-hua Street and opposite from Yong-le theater. It was nicknamed bong-kang-kau. When Taiwanese want to say that a train passes through a tunnel, they say gui-bong-kang. The entrance of the market with snack stands of various kinds on both sides resembles exactly a train tunnel. The noodle stand owned by the Fujouese was on the right.

三、精譯

修正不合英語語法的句子。

The Entrance of a Market　　Chen Chang-hua

The Entrance of a Market is an oil painting by the renowned artist Mr. Li Shi-qiao. It is about Yong-le Market in Da-dao-cheng district of Taipei in the 1940s. One day Mr. Li and I were talking about this painting, and I asked him whether he had ever tasted bian-shi-yi-mi (ravioli noodles) there. Both the family who ran that stand and the customers were picturesque.

Yong-le Market used to be a traditional market with distinctive features. Its entrance was near Di-hua Street and was opposite to Yong-le theater. Since gui-bong-kang means a train passing through a railway tunnel in Taiwanese dialect, this place was nicknamed bong-kang-kau, which means the entrance of a railway tunnel. On both sides of the entrance were various snack stands. The one owned by the Fujouese was on the right.

四、整合與潤色

The Entrance of a Market　　Chen Chang-hua

The Entrance of a Market is an oil painting by the well-known artist Mr.

Li Shi-qiao. The Market in the painting is Yong-le Market at Da-dao-cheng of Taipei in the 1940s. One day, the artist mentioned this painting to me, and I asked him whether he had ever tasted bian-shi-yi-mi at that Market. Bian-shi-yi-mi has always been a popular snack in Taiwan. It is similar to noodles cooked with ravioli. I told him that the family who ran that bian-shi-yi-mi stand and the people who ate there were both picturesque.

Yong-le Market used to be a traditional market with distinctive local color. Its entrance was near Di-hua Street and was just across the road from Yong-le theater. When a Taiwanese wants to say a train passes through a railway tunnel, he says gul-bong-kang; therefore, the entrance of the Market was nicknamed bong-kang-kau which means the entrance of a railway tunnel. The bian-shi-yi-mi stand I mentioned above was owned by a Fujouese and was on the right side of the entrance.

第八章
翻譯的基本方法

為了譯文能與原文產生對等效果，也就是能夠符合信、達、雅的要求，翻譯時可採增、複、刪、倒、斷、反、轉、化、注等九種方法。這九種方法常需綜合使用。

一、增

就性質分，增字分兩種。一為求達意而增字，也就是解釋性增字。另一種則是為雅而增字，也就是為通暢性及合理性而增字。

(一) 解釋性增字

1. Thanksgiving Day is a historical, national, and religious holiday that began with the Pilgrims.

   （初譯）感恩節是一個歷史性、國家性、宗教性的節日，起源於清教徒。

   ※ Pilgrims 在此大寫，專指最初移民美國的清教徒，而非指所有的清教徒，更非指朝聖者。

   （增字改譯）感恩節是一個歷史性、國家性、宗教性的節日，它起源於乘坐五月花號移民美國的英國清教徒。

2. In the opinion of the ancients, education is the process of developing or perfecting human beings.

   ——Adler J. Mortimer. *General Education vs. Vocational Training*

   （初譯）古人認為教育是使人能充分發展或令人完美的過程。

   ※ 在英文中 the ancients 專指古希臘羅馬人。如簡單地譯為古人，

將誤導讀者，錯認古人為孔孟或其他古代聖賢之人。

（增字改譯）古希臘羅馬人認為，教育是一種使人充分發展或更趨完美的過程。

3. You do know that the First Amendment to the Constitution guarantees religious freedom.

（初譯）你應該知道憲法第一條修正案保障宗教自由。

※ the First Amendment to the Constitution 在此指美國之憲法修正案，故應加美國二字，以免誤導讀者。

（增字改譯）你應該知道美國憲法第一條修正案是保障宗教自由。

㈠ 通暢性及合理性增字

1. Beauty is truth, truth beauty. ——John Keats. *Ode on a Grecian Urn*

（初譯）美是真，真美。

（增字改譯）美即是真，真即是美。

2. They have recently moved to New Zealand, a country unfamiliar to them.

（初譯）他們最近搬去紐西蘭，一個他們不熟悉的國家。

（增字改譯）他們最近搬去紐西蘭，那是一個他們不熟悉的國家。

3. Trying my best to lose weight, I eat only green salads for lunch every day.

（初譯）正在努力減肥，我每天午餐只吃生菜冷盤。

（增字改譯）因為我正在努力減肥，所以每天午餐只吃生菜冷盤。

4. Speech is human, silence is divine, yet also brutish and dead; therefore we must learn both arts. ——Thomas Carlyle, 1795–1881.

（初譯）說話是人性，沉默是神性，但也代表魯莽和死氣沉沉。因此我們必須學習兩種藝術。

（增字改譯）說話是人性，沉默是神性。但話多也代表魯莽，而靜默也代表死氣沉沉。因此我們必須學習說話與沉默這兩種藝術。

㈢ 中文英譯亦常需增字

1. 滿紙荒唐言，一把辛酸淚。
   都云作者癡，誰解其中味。 ——《紅樓夢》緣起
   These pages tell of babbling nonsense,
   A string of sad tears they conceals.
   They all laugh at the author's folly;
   But who could know its magic appeal? ——Tr. by Lin Yutang
2. 獨坐幽篁裡，彈琴復長嘯。
   深林人不知，明月來相照。 ——王維《竹里館》
   Beneath the bamboo grove, alone,
   I seize my lute and sit and croon.
   No ear to hear me, save mine own;
   No eye to see me, save the moon. ——Tr. by Herbert A. Giles
3. 兵者，國之大事。 ——《孫子兵法》
   The art of war is of vital importance to the state.
   ——Tr. by Lionel Giles
4. 彼一時，此一時也。 ——《孟子》
   That was one time, and this is another. ——Tr. by James Legge
5. 西風殘照，漢家陵闕。 ——李白《憶秦娥》
   There is a west wind and lingering light over the tombs and arches of the Han Dynasty. ——Tr. by Ching-I Tu（涂經詒）

二、複

複，就是重複。是另一種增字翻譯的方法。它常用於加強語氣，句中含不易表達清楚的代名詞、英文複雜句 (complex sentence) 時使用。

1. I never think of the future—it comes soon enough.

——Albert Einstein, 1879–1955.

我從來不想未來，未來還來不及想就已經來了。

2. Those who have and exhibit the joy of living are never those who have been without care, sorrow, failure, disappointment, and discouragement.

擁有並展現生活樂趣的人，正是那些曾經遭遇過煩惱、憂傷、挫折、失望、沮喪的人。

3. Behaviorists suggest that the child who is raised in an environment where there are many stimuli which develop his or her capacity for appropriate responses will experience greater intellectual development.

行為科學家認為，孩童成長的環境若具有許多刺激，而這些刺激又能激發孩童作出適當的反應，那麼這些孩童就可以有更健全的智力發展。

4. Here we are on this earth, with only a few more decades to live, and we lose many irreplaceable hours brooding over grievances that, in a year's time will be forgotten by us and by everybody.

在這個地球上我們只有幾十年的生命。而我們卻將許多一去不返的寶貴時間花費在牢騷上。這些牢騷不到一年的工夫就被所有人遺忘，包括我們自己在內。

三、刪

英譯中時，英文文法中的冠詞、虛主詞、虛詞等與中文文法不同的用法，都需要刪除。反之，中譯英時，也要刪除不合英文語法的用字。

(一) 刪去不必要的字，以求文句簡潔通暢

1. A barometer is an instrument used to measure the pressure.

氣壓計是用來測量氣壓的儀器。

2. Her bosom rose and fell tumultuously.
   她的胸膛起伏得很厲害。
3. People have considered themselves very clever.
   人們自認非常聰明。
4. It is important to be calm.
   冷靜是重要的。
5. What is worth doing is worth finishing.
   值得做的事就值得完成。
6. There are no shortcuts to any place worth going.
   到任何值得去的地方都沒有捷徑。
7. I want to have my hair cut.
   我要理髮。
8. I have got a headache.
   我頭痛。
9. To rest one's body is to lift one's spirits.
   休息為的是養神。
10. When we go to the mountains, we enjoy working jigsaw puzzles.
    在山上我們喜歡玩嵌字遊戲。
11. He noticed that the plate was chipped.
    他注意到盤子缺了口。
12. His life had been most simple and most ordinary and therefore most terrible.
    他的生活一直非常簡單，非常普通，因此非常糟糕。

㈡ 中譯英時也需刪字

1. 我愛唱歌。
   I like to sing.

2. 她是個大學女生。

   She is a coed.

3. 饑來吃飯，倦來眠。

   Eat when hungry; sleep when tired.

4. 因為前晚下了場大雨，所以路上很滑。

   Because of the heavy rain the night before, the road was slippery.

5. 雪霸是臺灣第五個國家公園，也是最新的一個國家公園。它位於臺灣群山的中心，也就是新竹、苗栗、臺中縣交界之處。

   Shei-pa, Taiwan's fifth and newest national park, is located in the mountainous center of the island where Hsinchu, Miaoli, and Taichung counties meet.

四、倒

將文句或文字倒裝，使符合譯文的文法及習慣。

1. Please remind me if I forget.

   要是我忘了，請提醒我。

2. I'll go as soon as you come here.

   你一到，我就走。

3. The ultimate goals of education are human happiness and the welfare of society.

   ——Dr. Adler J. Mortimer. *General Education vs. Vocational Training*

   教育最終的目的是個人幸福和社會福祉。

4. I was as much of a nuisance as any small boy.

   ——Samuel Langhorne Clemens. *This Was My Mother*

   我像任何小男孩一樣令人討厭。

5. He recognized her at a glance.

   他一眼就認出了她。

6. "Never mind the milk, comrades!" cried Napoleon, placing himself in front of the buckets. ——George Orwell. *Animal Farm*
「同志們，別去管牛奶!」拿破崙站到木桶前大叫。
7. Many animals have special abilities and instincts that we human beings lack.
許多動物具有我們人類沒有的特殊能力和直覺。
8. He left for Vietnam in January, 1970.
他於 1970 年 1 月赴越南。

五、斷

斷就是斷句。因為英文句子的結構常較中文句子長，因此在翻譯時，常需以斷句的方式使其合乎中文的文法和句型。相反的，在中譯英時，則常需將短句連成長句。

(一) 斷句

1. Selfishness is that detestable vice which no one will forgive in others and no one is without in himself.
——Henry Ward Beecher, 1813–1887.
自私是人見人厭的壞毛病。沒有人會原諒別人的自私，但卻沒有一個人自己不自私。
2. Too many executives think they are wonderful with people because they have the ability to speak well. What they fail to realize is that being wonderful with people means being able to listen well.
——Peter Drucker
太多的主管認為自己善於與人相處是因為善言。他們不知道，善於與人相處的真正要點是善於聽人言。
3. An expert is a person who chooses to be ignorant about many

things so that he may know all about one.

——E. E. Schattschneider. *The Semi-Sovereign People*

選擇對許多事一無所知，以便對某一事無所不知的人叫專家。

4. Poverty is very good in poems but very bad in the house; very good in maxims and sermons but very bad in practical life.

——Henry Ward Beecher, 1813–1887.

貧窮在詩裡非常好，在屋裡就不好。貧窮在格言和牧師的佈道裡很好，在實際的生活裡就很不好。

5. The world is moved not only by the mighty shoves of the heroes but also by the aggregate of the tiny pushes of each honest worker.

——Helen Keller

世界前進，並不只靠英雄們強而有力的推動，也靠每一個勤奮工作者，萬眾一心，一點一滴力量的累積。

㈡ 連句

1. 愚者愛惜費，但為後世嗤。——《古詩十九首》

The fool who's loath to spend the wealth he's got becomes the laughing-stock of after-ages. ——Tr. by Arthur Waley

2. 那大虫咆哮起來，把身底下爬起兩堆黃泥，做了一個土坑。

——《水滸傳》

The beast began to roar and pawed up two heaps of clay underneath its body and made a pit. ——Tr. by Pearl S. Buck

3. 杭有賣果者，善藏柑，涉寒暑不潰，出之燁然，玉質而金色。剖其中，乾若敗絮。——劉基《賣柑者言》

At Hangchow there lived a costermonger who understood how to keep oranges a whole year without letting them spoil. His fruit was always fresh-looking, firm as jade, and of a beautiful golden hue; but inside—dry as an old cocoon. ——Tr. by Herbert A. Giles

4. 惡人讀書，適以濟惡。 ——《菜根譚》

The wicked use knowledge to back up their viciousness.

六、反

反義正譯，正義反譯。或肯定語氣以否定語氣譯出，否定語氣以肯定語氣譯出。或以與字意相左的意思譯出，以達到使文意更清楚的目的。

1. Wet paint.

(正譯) 濕漆。

(反譯) 油漆未乾。

2. Dead lane.

(正譯) 死巷。

(反譯) 此巷不通。

3. Aren't you American? No, I am not American.

(正譯) 你不是美國人嗎？不是，我不是美國人。

(反譯) 你不是美國人嗎？是的，我不是美國人。

4. That does for our bridge!

(正譯) 我們的橋牌賽就這樣了！

(反譯) 我們的橋牌賽就這樣泡湯了！

5. You're never a loser until you quit trying.

(正譯) 你永遠不是個失敗者直到你放棄。

(反譯) 成功就是永不放棄。

6. Associate with those you can learn from.

(正譯) 和你可以學到東西的人做朋友。

(反譯) 無友不如己者。

7. More hasty, less speed.

(正譯) 越匆忙，速度越慢。

(反譯) 欲速則不達。

8. To the acute observer no one can produce the most casual work without disclosing the innermost secrets of the soul.

——Somerset Maugham. *The Moon and Sixpence*

（正譯）在敏銳的觀察家眼中，沒有人不須表露出其心中最深之祕密，即可創作出最隨意之作品。

（反譯）精明的觀察者知道，每一個人，在寫作最不經意的作品時，都無法不洩漏其靈魂最深處的祕密。

9. Life is too short to be little. ——Disraeli

（正譯）人生太短去煩惱瑣碎小事。

（反譯）人生苦短，不容為瑣碎小事煩惱。

七、轉

轉就是轉性。將句中文字的詞性轉變，以達成文義通暢清晰的目的。例如，將名詞改為動詞，形容詞改為副詞等。

1. He is a straight man, not very talkative.（形容詞）

   他是一個正直的人，不太講話。（動詞）

   他是一個正直的人，話不多。（名詞）

2. Some new members will hesitate to ask questions audibly.（動詞）

   一些新會員對於口頭提出問題感到猶豫。（形容詞）

3. He is against the conventional schooling.（介系詞）

   他反對傳統教育。（動詞）

4. The ancient Egyptians were habitual beer drinkers.（形容詞）

   古埃及人有喝啤酒的習慣。（名詞）

   古埃及人喝啤酒喝得很兇。（副詞）

八、化

化就是以句或段為翻譯單位意譯，結果雖貌不似卻神似，以便符合原作者的本意。

㈠ 英譯中

1. No pain, no gain.
   吃得苦中苦，方為人上人。
2. Let me give you a hand.
   讓我幫你。
3. Give me a break, let me try.
   給我個機會，讓我試試。
4. He owns a lot of blue chip stocks.
   他持有許多績優股。
5. His language will be Greek to them.
   他們不會聽得懂他的話。
6. There's many a good cock come out of tattered bag.
   人不可貌相，海水不可斗量。
7. Our church is going to conduct a white elephant sale to help the poor.
   我們教會將舉行一個慈善濟貧義賣會。
8. The more we learn, the less we know.
   學而後知不足。
9. Don't cast pearls before swine.
   不要對牛彈琴。
10. He is dead, as I live.
    他真的死了。
11. Like attracts like.
    同類相聚。
12. The pot calls the kettle black.

五十步笑百步。

(二) 中譯英

1. 勸君莫惜金縷衣，勸君惜取少年時。　——杜秋娘《金縷衣》

(貌似)

Covet not a gold-threaded robe,

Cherish only your young days!　——Tr. by Witter Bynner

(神似)

I would not have thee grudge those robes

Which gleam in rich array,

But I would have thee grudge the hours,

of youth which glide away.　——Tr. by Herbert A. Giles

2. 誰言寸草心，報得三春暉。　——孟郊《遊子吟》

(貌似)

But how much love has the inch-long grass

For three spring months of the light of sun?　——Tr. by Witter Bynner

(神似)

Ah! How could the heart of an inch-long grass

Requite a whole Spring's infinite love and grace.　——吳經熊譯

3. 白髮三千丈，緣愁似箇長。　——李白《秋浦歌》

(貌似)

My gray hairs seem to measure thirty thousand feet,

Because my sorrows seem as endless.　——劉師舜譯

(神似)

My whitening hair would make a long, long rope,

Yet could not fathom all my depth of woe.

——Tr. by Herbert A. Giles

4. 少壯能幾時，鬢髮各已蒼。　——杜甫《贈衛八處士》

Our youth and strength last but a day.

You and I—Ah! our hairs are grey. ——辜鴻銘譯

5. 暮去朝來顏色改。 ——白居易《琵琶行》

And evenings went and evenings came, and her beauty faded.

6. 人必須未雨綢繆。

We must make hay while the sun shines.

7. 裝腔作勢的人令人討厭。

Those who like to put on airs are disgusting.

8. 辦公室裡一切都井然有序。

Everything is in apple-pie order in the office.

九、注

添加注釋來幫助讀者欣賞或了解全文。若能用解釋性增字法或意譯法達成目的，則應儘量少用注釋法，以免造成閱讀時的躓頓。

例一

O Western Wind

O western wind, when will thou blow
That the small rain down can rain
Christ, if my love were in my arms
And I in my bed again. ——Anonymous (England)

㈠ 注釋法

西風❶

西風，你何時再來臨

❶在英國，春天吹西風。

攜來柔情春雨
蒼天！我何時能再輕
擁所愛
同躺在溫柔鄉裡。

㈡ 意譯法

春風
春風，你何時再來臨
攜來柔情春雨
蒼天！我何時能再輕擁所愛
同躺在溫柔鄉裡。

例二

When Lord Bacon was Chancellor of England, a witty criminal was brought before him.
"Your Honor should let me go," he observed.
"We're kin. My name is Hogg, and Hogg is kin to Bacon."
"Not until it's hung." Said Bacon.

㈠ 注釋法

當培根任職英國大法官時，一次一個狡黠的罪犯在被審時對他說：「法官大人，你應該放我走。因為我們是親戚。我的名字是哈根❶。哈根和培根❷是本家。」培根說：「那要等哈根吊死以後才是。」

㈡ 增字解釋法

---

❶哈根 (Hogg) 英文原意為豬。

❷培根 (Bacon) 英文原意為用豬的脊肉加鹽燻製而成的醃肉。

當培根任職英國大法官時，一次一個狡黠的罪犯在被審時對他說：「法官大人，你應該放我走。因為我們是親戚。我的名字是哈根，哈根的意思是豬，而培根是用豬的背脊肉醃成的肉。所以我們是本家。」

培根說：「那也要等那頭豬吊死以後才是。」

第九章
翻譯與標點符號

中英文的標點符號，有些外貌相似，功能卻不完全相同。有些外貌不同，功能卻完全相同。中文直行文稿與橫行文稿的標點符號又有不同，若能掌握中英兩種語言標點符號功能的異同處，那麼就可以避免翻譯時的語意錯誤，也可避免形成歐化句。這裡提出一些翻譯時容易引起混淆與錯誤的標點符號，作為參考。

一、引號（「　」）與 quotation marks（“　”）

引用他人的話或成語時，中文使用引號（「　」）。英文則為 quotation marks（“　”）。

1. Oscar Wilde said, “There is no sin except stupidity.”
   王爾德說：「世上除了愚蠢沒有其他的罪惡。」
2. 子曰：「巧言令色，鮮矣仁!」
   Confucius said: “Those who are good at sweet words and flattering looks seldom understand the essence of benevolence.”
   注意：英文引號（quotation marks）內的文字若較長或較正式，則引號前的標點符號用 colon (:)。引號內的文字若較短或較非正式，則引號前的標點符號用 comma (,)。中文則均用冒號（:）。中國大陸橫行文稿的引號採用（“　”），直行文稿則採用（「　」）。

二、逗號（，）與 comma（,）

中文的逗號（,）一般用在語氣可以停頓的地方。但英文的comma（,）用途廣泛又嚴格，現就翻譯時常見的不同處提出討論。

㈠ 英文中遇到一連串的同類性質的字或詞時，用 comma（,）隔開，若遇到三個以上的字詞，那麼，最後一個字詞前加 and。中文遇到類似情況，短的字詞，常用頓號（、），長的字句則可用逗號（,）且並無最後一個字詞前加「和」的語法。

1. She sells apples, figs, and peaches.
   她賣蘋果、無花果、桃。
2. It is important to maintain silent moments when you have a conversation with a co-worker. Periodic silences let people ask questions, acknowledge that they understand what you're saying, and offer ideas of their own.
   與同事談話時，不要滔滔不絕，要留些空間給同事。不時停頓自己的話，以便給人機會發問、明白別人是否了解自己、讓別人提供意見。

㈡ 中文的逗號（,）一般用在語氣可以停頓的地方。若主詞或動詞較長，可以在主詞與動詞間，或動詞與受詞間以逗號（,）分割，表示語氣停頓，但是英文絕不可以在主詞與動詞間或動詞與受詞間以 comma（,）分割。

1. 上海人人格結構的合理走向，應該是更自由、更強健、更熱烈、更宏偉。
   ——余秋雨《文化苦旅・上海人》
   The direction for the future character development of the Shanghainese should be freer, stronger, and warmer.
   NOT
   The direction for the future character development of the Shanghainese, should be freer, stronger, warmer.
2. 更叫我們傷心的是，那幢積蓄了十年才買成的木屋，現在竟然屬於別人了。 ——鄭明娳《親情》〈松花江・迎接父親出獄〉

What saddens us even more is that the house bought with the money we have saved for ten years belongs to someone else now.

NOT

What saddens us even more is, the house bought with the money we have saved for ten years, belongs to someone else now.

㈢ 英文常以逗號置於同位語的前後（若同位語位於句尾，只需將逗號置於同位語的前面），用來修飾、解釋、說明前面的名詞。中文卻沒有這種用法。翻譯時必須要調整。

1. Emily Price Post, daughter of a wealthy architect, wrote her *Etiquette* to try to bring common sense and flexibility to good manners.
   珀思特 (Emily Price Post) 的父親是一個富裕的建築師。她寫了一本書，書名就叫《禮儀》。她希望藉這本書，把禮儀變成具有彈性並且合情合理的常識。
2. Neil Armstrong, astronaut, explorer, and space pioneer, stepped onto the Moon's dusty surface with the words, "That's one small step for (a) man, one giant leap for mankind."
   阿姆斯壯是太空人、探險家、太空先驅。當他踏上滿佈塵土的月球表面時說：「這是個人的一小步，但卻是人類的一大步。」
3. The best exercise, walking briskly, is also the least expensive.
   以輕快的步伐走路是最好的運動，也是最便宜的運動。
   或譯為：
   最好的運動就是輕快走路，這也是最便宜的運動。
4. I saw a rose, a sweet yellow one.
   我看到一朵玫瑰，那是一朵美麗的黃玫瑰。（加強）
   比較：
   我看到一朵美麗的黃玫瑰。（語氣較緩和）

㈣ 英文也常以逗號置於轉折語的前後，表示語氣轉折、注解、說明，而中文則用破折號，或以轉折的字語或句子表達。

1. Solitude, I come to understand, is a name for allowing God to speak.
   我終於明白，孤獨，就是允許上帝說話的代名詞。
   孤獨——我終於明白——是允許上帝說話的代名詞。
2. The recorded voice tells me, politely of course, to wait.
   一個預先錄製好的聲音叫我等，語氣當然很客氣。
   一個預先錄製好的聲音——語氣當然很客氣——叫我等。
3. Edison's parents became accustomed, more or less, to his experiments and the explosions which sometimes shook the house.
   愛迪生的雙親多少已經習慣了他的實驗，還有那些把房子震得東倒西歪的爆炸。
4. This mentality produces, among other things, a set of radically altered values with respect of property.
   這種思考模式產生了許多後果，其中的一項是對財物的價值觀完全改變了。

三、破折號（——）與 dash（—）

中文表示語氣轉折、注解、說明時使用破折號（——），英文則用 dash（—）。雖然兩種符號的外貌與功能相似，但為求語義清晰時，並不一定要直譯標點符號。

1. He was sound asleep and so—ashamed as I am to record the fact—was I.
   他呼呼大睡，而我——不好意思，但必須據實以報——也沉睡如泥。
2. Yes, it had been a wonderful afternoon, full of geranium and marigold and verbena, and—warm sunshine.

——Katherine Mansfield. *A Dill Pickle*

不錯，那是個美好的午後，空氣中充滿了天竺葵、金盞菊、馬鞭草的香味，還有——溫暖的陽光。

3. My husband and I couldn't change what our son had done, but we could — and did — take action to ensure it would never happen again.

   我和外子無法改變兒子已經做的事，但我們能採取行動——我們也確實採取了行動——來確保同樣的事永遠不再發生。

4. It is believed that twenty percent of all the people in developing countries—350 to 450 million people—are under-nourished due to insufficient colic intake.

   可以相信，開發中國家的人民，有百分之二十，也就是三億五千萬至四億五千萬的人口，因熱量攝取不足而營養不良。

   比較：

   可以相信，開發中國家的人民，有百分之二十——三億五千萬至四億五千萬的人口——因熱量攝取不足而營養不良。（容易和數目混淆，句子也不順）

5. The most criminally active—males between the ages of 15 and 29 — usually lose their enthusiasm for crime as they belatedly mature in their 30s.

   活動力最強的罪犯——15 至 29 歲的男性——通常遲至 30 歲後才因心智成熟而冷卻對犯罪的狂熱。

   比較：

   活動力最強的罪犯為 15 至 29 歲的男性。他們通常遲至 30 歲後才因心智成熟而冷卻對犯罪的狂熱。（句子較順）

四、省略號（刪節號）

中文的省略號為“……”六個小圓點；英文的刪節號 (ellipsis) 則為“...”三個小圓點。

1. From the standpoint of daily life...man is here for the sake of other men. ——Albert Einstein

   從日常生活的觀點來看，……人生在世是為別人而活。

2. 借人典籍，皆須愛護，……此亦士大夫百行之一也。——《顏氏家訓》

   We should take great care of the borrowed books...since it is one of the one hundred good virtues that an educated person should observe.

   注意：英文中表示「等等」用“etc.”而不是省略號 (...)；更不能兩者並用。

第十章
英文新字形成的方法

語言文字隨時代不斷變遷成長，譯者常在工作時接觸到許多新形成的字彙。這些新形成的字彙常未能及時列入相關參考工具書，而使譯者感到困擾。若能了解新字形成的方法，則可減少這方面的困惑。英文新字形成的方法約可分為幾類，即鑄造新字、舊字新義、衍生、複合、融合、縮短、人名及商標、首字母、外來語等。

一、鑄造新字

沒有歷史根源的新字，純為某人一時興起而採用，逐漸被大眾接納而形成。科技領域及日常生活中有新發現、新需要時，常鑄造新字以供所需。翻譯時可審視上下文，決定適當的字義，再譯成恰當的中文。例如二十世紀末的新字有：

moto　在學校表現優秀的學生

demoto　在學校表現不佳的學生

phat　好的

duggy　穿著時髦的

二十一世紀初的新字如：

1. phishing (adj.)

   複製一個已經存在的網頁，引誘無知者提供個人私密資料，如信用卡帳號、密碼等。名詞為 phisher。

   ...the FBI called phishing the “hottest, and most troubling, new scam on the Internet.” The name appears to have no connection to the band Phish, an FBI spokesman said.

——Andrew Shain. "Phishing to Steal Your Information," *Charlotte Observer*, July 25, 2003.

2. chugger (n.)

在街頭為慈善機構向路人勸募的專業募款人。

Last year chuggers coaxed 700,000 donors into pledging £240 million to charities over the next five years. About 100 charities hire chuggers to boost revenues. Although one high-street fundraiser can cost as much as £100 a day, charities say they are good value.

——Helen Nugent. "Charity Muggers' Face £10m VAT Levy," *The Times* (London, England), April 17, 2004.

3. bads (n.)

能刺激經濟成長但卻危害環境或社會的商品或行為。(cf. goods)

Similarly, the GDP fails to assign any value to declining fish stocks or disappearing forests. It's as if these negatives simply don't exist. The GDP measures "goods" but not "bads."

——Kalle Lasn. *Culture Jam*, William Morrow and Company, 1999.

值得注意的是，不是每一個鑄造的新字都能進入正式的參考工具書，若經不起時間的考驗，或不能為大眾接受，那麼它們的生命常只是曇花一現。

二、舊字新義

隨著社會變遷，許多舊字孳生了新義。這些孳生新義的舊字特別容易誤導翻譯工作者，因此在翻譯時要注意原文出版的日期及文章的性質，以免誤會了詞義。

mug：原義為馬克杯，新義為臉。例如 "Get your ugly mug out of here!"

acid：原義為酸，但在 1960 年代孳生了「迷幻藥」的新義。

chopper：原義為切物用的刀斧或切物的人。在 1960 年代孳生了機器腳踏車的新義。俚語中亦當直昇機。

drug：原義為治病的藥，例如 drugstore。新義則為令人上癮、神智不清的藥，如鴉片、海洛英等。

beeper：原義為發出尖銳高音的物體，新義則為手提收音機。

crack：原義甚眾，如(1)爆裂聲，(2)裂縫，(3)熱門新聞，(4)機智評語，(5)不凡。最新增加的字義則為海洛英。

toss：原義為拋、扔。新義為快速地咀嚼。

pot：原義為壺、缸、瓶、鍋。新義則為大麻煙。例如 "A pot of pot tea will cost $12."

blaze：原義為燃燒，新義則為離開。例如 "I'm tired of this place—Let's blaze."

hip：原義為臀部，新義則為最現代化、走在時代的尖端。例如 "To be a totally hip campus is to be totally wired. That means installing a high-speed network that spans from the bursar's office to the library to the freshman dorms."

三、衍生

科學家們常以拉丁文或希臘文為字根命名新發現或新發明的東西。一般作者則常利用字尾及字首綴語衍生新字。

ecotourism ＝ eco ＋ tourism　生態觀光

endoderm ＝ endo (within) ＋ derm (skin)　內皮

euthanasia ＝ eu (easy) ＋ thanasia (death)　安樂死

pentathlete ＝ pent (five) ＋ athlete　五項全能運動員

megastar ＝ mega (large, great) ＋ star　巨星

globule ＝ glob ＋ ule (relative smallness)　小水滴

amoral = a (not) + moral　不道德

acyclic = a + cyclic　非週期性

humanoid = human + oid (resembling in shape)　形狀類似人

dress-upable = dress-up + able　可以穿著打扮的

cityscape = city + scape　城市風貌

postcoup = post + coup　政變後

tubeless = tube + less　無內胎的輪胎

prefabricated (house) = pre + fabricated　預築屋（在工廠將各主要部分製作完成後，在工地拼裝而成的房屋）

monogenesis = mono + genesis　無性生殖

biaxial = bi + axial　雙軸

eugenicist = eu + genicist　優生學家

microanatomy = micro + anatomy　顯微解剖

derail = de + rail　出軌

stereophonic = stereo + phonic　立體聲

四、複合

將兩字合併形成新字，尤其是將動詞加上具有副詞功能的文字。

keepsake　具有紀念性的物品

uptight　緊張

dropout　半途而廢的人，中途退學的學生

trade-in　舊物換新物

ripoff　小偷

upstart　暴發戶

fastfood　速食

copyright　著作權，版權

hold-up　搶劫

know-how	技術，方法
best-seller	暢銷書
go-getter	有企圖心的人，有幹勁的人
turnoff	迴流道，高速公路出口
hangout	常去的地方
handout	救濟物品，講義，免費宣傳單
lookout	風景地區的觀察臺
rustout	腐朽
drive-in	不用下車的餐館或電影院

五、融合

將兩字合併，取第一字的字首及第二字的字尾，或將兩字撞在一起，形成新字。

epicenter = epidemic center　傳染病流行區

Amerasian = American Asian　美亞混血

smog = smoke fog　煙霧

brunch = breakfast lunch　早午餐

fantabulous = fantastically fabulous　棒極了

Paralympics = Paralytic Olympics　殘障人士奧運會

Eurail Pass = Europe rail pass　歐洲聯營火車通行證

rurban = rural and urban　既鄉村又都市

cutensil = cute utensil　有趣造型的各種廚房小用品，如義大利麵專用叉子、洗碗盤的刷子、切蛋糕的刀等。

六、縮短

將長字縮短，有時取前段字母，有時則取後段字母，又有時則取諧音。

chrysanthemum → mum　菊花

influenza → flu　流行性感冒

gymnasium → gym　體育館

limousine → limo　豪華轎車

veterinarian → vet　獸醫

rehabitation (center) → rehab　勒戒所

vegetables → veges　蔬菜

nuclear (weapon) → nuke　核能（武器）

electronic mail → e-mail　電傳資訊

cockroach → roach　蟑螂

business → biz　商業

cockoo → kook　杜鵑

condominium → condo　共有住宅

champion → champ　冠軍

metropolitan → metro　大都會

七、人名及產品商標演變成新字

如能知道該人或該新產品的特性，就可賦予適當的意譯。

diesel：本為 Diesel，是柴油機的發明人＝柴油、柴油車

nylon：本為人造纖維商標名稱＝人造纖維

xerox：本為複印機商標名稱＝複印

kleenex：本為面紙商標名稱＝面紙

coke：本為飲料商標名稱＝飲料

band-aid：本為膠布繃帶商標名稱＝膠布繃帶

Scotch-tape：本為透明膠帶商標名稱＝透明膠帶

accent：原字為 Ac'cent，是味精商標名稱＝味精

boycott：本為愛爾蘭大地主 Captain Boycott，受農民抵制＝抵制

atlas：本為希臘神話中被天帝 Zeus 打敗的天神，被罰守護地球的支柱＝地圖

frisbee：本為玩具飛盤商標名稱＝飛盤

ritz：本為豪華時尚的國際連鎖旅館名字＝時髦、華麗、炫耀

八、將片語的首字母連成新字

必須將原來的片語找出，才能適當意譯該名詞。

CEO ＝ chief executive officer　高級主管

TESL ＝ teaching English as a second language　英語教學

laser ＝ light amplification by stimulated emission of radiation　雷射（大陸譯為激光）

APEC ＝ Asia Pacific Economic Cooperation Forum　亞太經合會議

radar ＝ radio detecting and ranging　雷達

VIP ＝ very important person　貴賓

POW ＝ prisoner of war　戰俘

GATT ＝ General Agreement on Tariffs and Trade　關貿總協

WTO ＝ World Trade Organization　世界貿易組織

PIN code ＝ personal identification number code　個人密碼

BANANA ＝ build absolutely nothing anywhere near anyone. A person who is opposed to new real estate development, particularly projects close to their neighborhood.　反對在居家附近建造新的大樓社區者

九、外來語

英語中有許多外來語，有些源自亞洲地區。在回譯時要小心考證，不可更改其原始面貌。

kow-tow：磕頭，不可與 kudos 相混，kudos 源自希臘文，意為榮耀或讚美。

kung fu：工夫

taekwondo：跆拳道（韓音）

tycoon：大亨，大人物（日音）

chow mein：炒麵

yoga：瑜伽

karate：空手道

miso soup：味噌湯

tofu：豆腐

第十一章
專有名詞

翻譯的目的是將乙地人士不懂的甲地語文，譯成乙地人士能懂的乙地語文。如果譯員將 “The hotel is very clean.” 音譯為「得霍泰兒疑似匪類克林」，大概沒有一個中國人懂得是什麼意思。因此中外翻譯理論家均不主張音譯。但專有名詞卻例外。專有名詞大都指地名、國家名與人名。這些名稱指認的功能大於涵義。例如臺北圓山的劍潭，除了極少數的歷史學家或民俗學家對這名稱的涵義有興趣外，對絕大多數的人來說，劍潭只是一個具有指認功能的代號，並沒有什麼特殊的意義。一個外國人坐上了計程車說 “Jian Tan”，一定比說 “Sword Lake” 更容易到達目的地。同樣的道理，能辨識 Mr. Lee Teng-hui（李登輝）的人一定比能辨識 Mr. Plum Reach Bright 的人多。就像 Mr. Brown 和 Mr. Armstrong，對大部分的人來說，此人皮膚是否呈棕色，手臂是否強而有力並不重要，重要的是在稱呼他時，他是否知道。類似學生的學號，它們的功能在辨識，而不在涵義，因此翻譯家們都主張專有名詞音譯。私法人機構的名稱與文學作品中的專有名詞雖同屬專有名詞的範圍，但因其功能略有不同，故在處理的方法上亦略有差異。現就不同專有名詞的功能，探討翻譯時不同的方法於後。

第一節　外國地名與人名

陸殿揚先生在其著作 *Translation: Its Principles and Technique*（北京：

時代出版社，1958）提出專有名詞音譯五原則後，受到華人地區翻譯界一致推崇與遵行，值得我們參考。此五項原則為：㈠根據專有名詞的原始母語翻譯。㈡採用標準國語發音翻譯。㈢尊重已存在，並已被普遍接受的譯名。㈣避免不雅或艱澀的文字。㈤避免容易產生混淆的文字。現分別說明此五原則及探討其他翻譯西文地名與人名時常遇到的困難如下：

一、地名、國家名

㈠根據專有名詞的原始母語翻譯

Paris（法國）
法語發音為 [pári]，英語發音為 [pǽris]。
巴黎（√）配黎斯（×）

Hague（加拿大）
黑格（√）
Hague（法國）
法文 H 為無聲。
阿格（√）

Champs Elysées（法國）
法語發音為 [ʃά:ŋzeilizei]。
香榭里謝大道（√）倩絲愛麗斯大道（×）

San Jose, California（美國）
原地名為西班牙文，J 發 H 音。
聖荷西（√）聖究西（×）

St. Etienne（法國）
法語首字字尾的子音與第二個字的字首母音連音。

聖德田（√）聖愛田（×）

Tel Aviv（以色列第一大城）
母語發音為連音。
泰拉維（√）特阿維（×）

㈡ 採用標準國語發音翻譯

中國的方言很多，發音相差很大，為求統一，一律以標準國語發音作為音譯的基準。早期滬語將 German 譯為強門，粵語將 America 譯為美利堅，華僑將 Montreal 譯為滿地可，讀者用國語或其他地方方言發音時，將與原音不符，失去辨認的功能。

㈢ 尊重已存在並已被普遍接受的譯名

要嚴格認證已普遍接受的標準。昔日譯者並無翻譯專有名詞的準則可循，故各行其是。常常同一地名，有音譯的、有意譯的，有音意相混的，更有一名數譯的，使讀者無從辨認原地名。往者已矣，來者可追，除極少數已被普遍接受的譯名外，其餘均應遵守專有名詞音譯的原則。若有疑惑，則在音譯後加注疑似已普遍接受的譯名。

Yugoslavia	南斯拉夫（已被普遍接受）
Honolulu	檀香山（已被普遍接受）
Cambridge	劍橋（已被普遍接受） （徐志摩將此地名譯為康橋）
Oxford	牛津（已被普遍接受）
Iceland	冰島（已被普遍接受）
Pearl Harbor	珍珠港（已被普遍接受）
San Francisco	舊金山；三藩市（已被普遍接受）
Danube River	多瑙河（已被普遍接受）
Komsomolsk (Russia)	青年城（已被普遍接受）

Riviera	雷維艾拉；蔚藍海岸（已被普遍接受）
New Jersey (U.S.A.)	紐澤西；新澤西（已被普遍接受）
Phoenix (U.S.A.)	鳳凰城（已被普遍接受）
Sun City (South Africa)	森城；太陽城（已被普遍接受）

(四) 避免不雅或艱澀的文字

中國文字有許多同音字，音譯時應避免不雅或艱澀的文字。例如Paris音譯時可譯為扒狸、疤鯉或壩蠡，但這些字，有些不雅、有些艱澀，不如巴黎，文字典雅又好記。美國有一個舉世聞名的國家公園Yosemite National Park，California，若音譯為憂衰霉羝國家公園，那麼就糟蹋了山水美色了。現在音譯為優勝美地實在是神來之筆，譯者之功不可沒。Jordan（約旦）如音譯為寃蛋，可能兩國因此要起戰端。就理論上來說，將Mozambique音譯為莫三鼻實在不是好的譯名，現在改為莫三比克則要好得多。其他不雅的譯名及建議譯名如下：

地名	原譯名	建議譯名
Earn	叵因	額恩
Tueson	土孫	圖桑
Tahoe Lake	大花湖	塔荷湖
Great Slave Lake	大奴湖	格雷斯弗湖
Mississippi	密士失比河	密西西比河
Buckingham	白金汗	白金漢
Oker	奧狗	奧克
Aroma (Sudan)	阿鹿馬	阿祿瑪

譯者在音譯選字時，必需多付一點心力，畢竟一個譯名成立後，千萬人要用上好幾年，不可不謹慎。

(五) 避免容易產生混淆的文字

美國有一個 King City，若音譯為金城或京城都容易產生誤導，若音譯為肯城就可避免。烏拉圭的 Paysandu 音譯為白山多，德國的 Hessen 音譯為黑森也易誤導讀者，但若音譯為白散杜及赫森就可減少混淆的程度。南非的 Pemba 若音譯為奔吧，英國的 Leamington 若譯為來明的，法國的 Chioggia 譯為小姐，雖然有趣，但置於文中，極易混淆文意，應極力避免。其他容易在文中產生混淆的地名舉例如下：

Angers　翁熱
Baltic　波羅的海
Anita　安尼他
Trieste　的里雅斯特
Anzin　安靜
Addic Ababa　亞的斯亞貝巴
Tripoli　的黎波里（利比亞）
Atascadero　阿太開斗路（美國加州）
Atiquizaya　阿的貴才（中美洲）
Republic of Belarus　白俄羅斯共和國
Champlain　欽不藍（加拿大）
Chubut　秋波（阿根廷）
Cimone　奇木馬（義大利山峰）
Matagorda　馬塔哥大（美國德州）
Bremen　不來梅
Naples　拿不勒斯

㈥ 地名太長

地名太長音節太多時，可將一些不重要或無聲的音省略簡譯。這是個講究效率的時代，大眾傳播媒體如電視及報章雜誌，它們的版面空間有限，譯名若太長不合經濟效益也不符時代脈搏。英文的新趨勢就是將長字縮短，如 veterinarian 縮減為 vet；將片語濃縮成字首聯語如 Unesco。因此在音譯地名時亦可簡譯。否則如 Watergate 及 Whitewater 這類專有名詞就有誘使譯者意譯的魅力。因為水門與白水絕對比瓦特爾蓋特及懷特瓦特爾省空間又易記，但若能簡譯為瓦特蓋及懷特瓦特，在媒體傳播時簡稱為瓦特案與懷特案，那麼所佔的篇幅相同，又保存世人辨認原地名的特質，則可使專有名詞意譯的誘因減低。下面提供幾個簡譯的實例。

Philadelphia	費城
Los Angeles	洛城；洛杉磯
Semipalatinsk	斜米
Texas	德州
Stanford	史丹福
Northumberland	諾森伯蘭

㈦ 地名太短

地名太短，只有單音節時，可斟酌將無聲的音譯出，或加一表市、河、山等合適的字，以便發音。

Bonn, Germany	波昂（德國）
Doon, Ohio	頓村（俄亥俄州）
Doon River, Scotland	頓河（蘇格蘭）
Doon Lake, Scotland	頓湖（蘇格蘭）
Guam	關島
Hay, Australia	赫鎮（澳洲）
Ay, France	亞愛市（法國）
Suhl, Germany	蘇爾（德國）
San River, Poland	頌河（波蘭）
Yoe, United States	約市（美國）
Gap, France	嘉普（法國）
Wa, Guiana	瓦鎮（圭亞那）
Lee River, Ireland	里河（愛爾蘭）

(八) 地名雷同

地名雷同時應加注所屬的行政轄區，不得以同音異字來翻譯。

Milan, Italy	米蘭市（義大利）
Milan, Michigan	米蘭市（美國，密西根州）
San Jose, California	聖荷西市（美國加州）
San José, Costa Rica	聖荷西市（哥斯達利加）
San José, Uruguay	聖荷西市（烏拉圭）
San José (Island), Mexico	聖荷西島（墨西哥）
London, England	倫敦（英國）
London, Canada	倫敦（加拿大）
York, Australia	約克（澳洲）
York, England	約克（英國）
York, Canada	約克（加拿大）
York, U.S.A.	約克（美國）

(九) 地名前冠 Saint

Saint 的簡寫是 St.。San, Santa, Santo 及 São 是西班牙文及葡萄牙文 Saint 的同義字。歐美各國常以聖徒名作為地名，翻譯時均可簡譯為「聖」，必要時可譯為「聖徒」，如 Santo，或「聖達」，如 Santa，取其音義兼顧。

St. Martin	聖馬丁島
St. Petersburg	聖彼德堡
St. Peter Port	聖彼德港
San Juan	聖煌（波多黎各首都）
San Salvador	聖薩瓦多

Santa Fe, U.S.A.	聖達菲（美國新墨西哥州省會）
Santa Clara, U.S.A.	聖達克羅拉；聖克羅拉（美國）
Santa Catarina	聖卡塔琳娜；聖達卡塔琳娜
Santa Barbara, Honduras	聖巴巴拉；聖達巴巴拉（宏都拉斯）
Santa Barbara, California	聖巴巴拉；聖達巴巴拉（美國加州）
Santo Tiso	聖梯梭；聖徒梯梭
Santo Domingo	聖度明哥；聖徒明哥
Santo Angelo	聖安琪羅；聖徒安琪羅
São Cristovao	聖克利斯托
São Domingos	聖度明哥（葡國）
São Paulo	聖保羅（葡國）
São Tome Cape	聖多美角（葡國）

㈩ 地名前冠 New，Nova，Novo，Old

地名前冠 New, Nova, Novo 表示新的字，冠 Old 表舊或老的字，若為專有名詞的一部分則應音譯，若為形容詞則應意譯。地名音節太長時，可取重要音節簡譯或意譯。

臺灣對地名前冠類似 New, Old 等文字在翻譯時沒有一定的準則，有時音譯，有時意譯，有時則音意相混。大陸地區則傾向在分為兩字時意譯，合成一字時音譯。

下列表格中譯名標「○」為正確，「×」為錯誤，「△」為可接受。要注意，標為「×」的譯名雖不符合專有名詞翻譯的原則，但因已存在並被普遍接受，所以也該受到尊重。

New

若需音譯，可用「紐」；意譯則用「新」

原文地名	臺灣	大陸	建議
New Albany	新奧巴尼 ○	新奧爾巴尼 ○	
Newcastle	紐塞 （愛） ×	紐卡斯爾 （愛） ○	
New Castle	新塞 （美） ×	紐卡斯爾 （美） ×	新卡斯爾
Newport	新港 （英，加） ×	紐波特 （英，加） ○	
New Port	缺	紐波特（加勒比海）×	新波特
Newport News	紐港紐斯 （美） ×	紐波特紐斯 （美） ○	
New Forest	新林 （英） ×	缺	新佛雷斯
New Delhi	新德里 （印） ○	新德里 （印） ○	
New Haven	新哈芬 （美） ○	紐黑文 （美） ×	
New Zealand	紐西蘭 ×	新西蘭 ○	
New Jersey	新澤西 （美） ○	新澤西 （美） ○	
New Orleans	新奧爾良 （美） ○	新奧爾良 （美） ○	
Nova Goa	新臥亞	新果阿	
Nova Scotia	新斯科亞 （加） ○	新斯科舍 （加） △	
Novi Iskur	缺	新伊斯克 （保） ○	

Novo Ukrainka	新烏克蘭卡（蘇）○	新烏克蘭卡（蘇）○	
Novaya Zemlya	新地島（蘇）	新地島（蘇）	新澤理雅

Old

若需音譯，可用「奧」

原文地名	臺灣	大陸	建議
Old Bridge	缺	舊布里奇（美）○	
Old Castile	古卡斯提 ○	缺	
Oldcastle	古塞（愛）×	奧爾德卡斯爾 ×	奧卡梭
Old Deer	缺	舊迪爾（英）○	
Oldambt（荷）	缺	奧爾丹布特 △	奧丹布特
Oldebrkoop（荷）	缺	奧爾德伯科普 △	奧伯庫普
Oldemarkt（荷）	缺	奧爾德馬克特 △	奧馬克特
Old Forge	缺	舊福奇（美）○	
Oldman River	老人河 ×	缺	奧曼河
Oldtown	古鎮（美）×	奧德敦（美）△	奧敦
Old Glory	缺	舊格洛里（美）○	
Old Leake	缺	舊利克（英）○	

New 或 Old 並非專有名詞的一部分時，則應意譯，例如 Old Cairo 開

羅舊區。

㈩ 地名前冠 East、West、South、North 等表方向的文字

若為專有名詞的一部分則應音譯，若為形容詞或指一個區域則應意譯，以免混淆。地名音節太長時，可取重要音節簡譯或意譯。

臺灣對地名前冠 East、West、South、North 等文字時，翻譯時並無一定準則，有時音譯，有時意譯，有時則音意相混。大陸地區則傾向在分成兩字時意譯，合成一字時音譯。

下列表格中譯名標「○」為正確，「×」為錯誤，「△」為可接受。要注意，標為「×」的譯名雖不符合專有名詞翻譯的原則，但因已存在並被普遍接受，所以也該受到尊重。

East

若需音譯，可用「伊」

原文地名	臺灣	大陸	建議
East London	東倫敦（南非）○	東倫敦（南非）○	
East Bend	缺	東本德（美）○	
Eastbourne	伊斯特本（英）○	伊斯特本（英）○	
East Bridgewater	東橋水（美）△	東布里奇沃特 △	東布奇瓦特
East Cape	東岬（紐、美）△	東角（紐、美）△	東開普
Easter (Island)	伊斯特島（智）○	復活節島 △	
Eastham	伊斯坦（美）○	伊斯特姆 △	
East Ham	缺	東哈姆（英）○	

East Islip	缺	東艾斯利普 △	東艾斯利
Eastland	伊斯特蘭 （美） ○	伊斯特蘭 （美） ○	
East Point	東角 △	伊斯特波因特 ×	東波因
East Pine	缺	東派恩 （加） ○	
Eastport	東港 （南非） ×	伊斯特普特 △	伊普特

East 為單純的形容詞或指一個區域時，則應意譯。

East End, London　倫敦東區

East Germany　東德

East Asia　東亞

East Los Angeles　東洛杉磯（洛杉磯東區）

South

若需音譯，可用「紹」或「紹斯」

原文地名	臺灣	大陸	建議
South Hill	南山 （美） ×	南茜爾 （美） ○	
South Sandwich	南三明治群島 △	南威爾奇群島 ×	南桑威奇群島
South Haven	缺	南黑文 （美） ○	
Southport	南港 ×	紹斯波特 ○	
Southgate	南門 ×	紹斯蓋特 （英） ○	
South Gate	缺	南蓋特 ○	

Southend	南角 ×	紹森德 ○	
Southern Cross	南十字　（美）　×	南克羅斯　（美）　○	
Southern Alps	南大山　（紐）　×	南阿爾卑斯山 ○	

South 為單純的形容詞或指一個區域時，則應意譯。

South Korea　南韓

South Pacific　南太平洋

South Vietnam　南越

South Island　南島

West

若需音譯，可用「偉」或「偉斯」

原文地名	臺灣	大陸	建議
West Ham	西罕　（英）　×	西哈姆　（英）　○	
Westham Island	缺	偉斯瑟姆島 △	偉瑟姆島
Westmeath	威斯米司　（愛）　○	威斯特米斯 △	
Westphalia	西發里亞 ×	威斯特伐利亞 △	威伐利亞
Westport	西港 ×	威斯特波特 △	威波特
West Union	西聯　（美）　×	西尤寧　（美）　○	
West Wood	威斯特烏 ×	缺	西伍德
Westwood	缺	威斯特伍德 △	威伍德

West 為單純的形容詞或指一個區域時，則應意譯。

West Bank of the Jordan River	約旦河西岸
West End, London	倫敦西區
Westside, NY	紐約西區
West Germany	西德

North

若需音譯，可用「諾」或「諾斯」

原文地名	臺灣	大陸	建議
Northham	諾森（澳）○	諾瑟姆（澳）○	
North Bay	北灣（加）△	諾斯貝（加）×	北貝易
North Downs	北當斯 ○	缺	
Northfield	諾斯非爾 ○	諾斯菲爾德 △	
North Walsham	北瓦蘭 △	北沃爾舍姆 △	北瓦舍
Northport	缺	諾斯波特 ○	
North Powder	缺	北保德 ○	

North 為單純的形容詞或指一個區域時，則應意譯。

North Pole	北極
North Vietnam	北越
North Korea	北韓
North Ireland	北愛爾蘭
North Island	北島（紐）

㈧ 地名意義明顯者，若為一字仍應音譯，若超過二字可考慮意譯

下列表格中譯名標「○」為正確，「×」為錯誤，「△」為可接受。要注意，標為「×」的譯名雖不符合專有名詞翻譯的原則，但因已存在並被普遍接受，所以也該受到尊重。

原文地名	臺灣	大陸	建議
Orange	奧倫奇 ○	奧蘭治 △	
Orange River	橘河 （南非） ×	缺	奧倫奇河
Orange City	橘城 ×	奧蘭治城 △	奧倫奇城
Orangeburg	橘堡 （美） ×	奧蘭治堡 （美） ○	
Orange Free State	奧倫奇自由邦（南非） ○	奧蘭治自由邦省 △	
West Sister Island	缺	姐妹島 （澳） ×	西姐妹島
Man, Isle of	人島 （英） ×	馬恩島 （英） ○	
Silver City	銀都 （美） ○	銀城 （美） ○	
Silver Lake	銀湖 （美） ○	錫爾弗萊克 ×	
Silver Mine River	缺	錫爾弗邁恩河 ×	銀礦河
Silvermines	銀礦 ×	錫弗邁恩斯 △	喜福邁恩
Silvertown	銀鎮 （英） ×	錫爾弗敦 （英） △	喜福敦
White Swan	缺	懷特斯旺 △	白天鵝

Waterways	水道城 ×	缺	懷特威
Whitehorse	白馬 （加） ×	缺	懷特豪斯
White Bird	缺	懷特伯德 （美） △	白鳥
Woodbridge	木橋 （美） ×	伍德布里奇 △	伍布里奇
Wiseman	缺	懷斯曼 （美） ○	
Three River	三河 ○	缺	石雷河
Three Kings Islands	三王群島 ○	缺	
Ox Mountains	牛山 △	奧克斯山 ○	
Oakland	奧克蘭	奧克蘭	
Pine Creek Village Pine Creek River	松溪 △	派恩克里克 ×	松溪村(澳) 松溪河(美)
Goldfield	金田 ×	戈爾德菲爾德 △	戈德菲德
Farewell Cape	再會角 （格） ×	法偉爾角 （格） ○	
Fugo （火山名）	火峰 ×	富埃戈火山 △	富戈火山
Fire Island	火島 △	法爾島 ○	
Twin City	雙子城 △	特溫城 △	特恩城
Sierra Leone, Republic of	獅子山共和國 △	塞拉利昂 ○	
Freetown	自由城 （獅） ×	弗里敦 （獅） ○	

注：臺灣通用地名取材於(1)《外國地名譯名》：臺北，國立編譯館，民國66年。(2)《外國地名辭典》：陸景宇主編，臺北，三民，民國64年。(3)《世界各國簡介暨政府首長名冊》：中華民國外交部禮賓司，民國79年。大陸通用地名取材於《世界地名翻譯手冊》：蕭德榮主編，北京，知識出版社，1988年。

㈢ 東南亞地名

東南亞的地名如已有特定漢字，漢譯時，不可用同音異字，並要注意是否已改名。

Tokyo	東京（√）托其奧（×）
Rangoon	仰光（√）雷貢（×）
Langsan, Vietnam	諒山（√）涼山（×）
Vinh, Vietnam	義安（√）維恩（×）
Yakushima, Japan	屋久島（√）雅可西馬（×）
Yongyang, Korea	英陽（√）滎陽（×）
Punggol, Singapore	榜鵝（√）伴歌（×）
Trang, Thailand	董里（√）特安（×）
Chonju, Korea	全州（√）朱州（×）

東南亞重要城市名稱：

Seoul	首爾（舊稱漢城）
Ho Chi Ming City	胡志明市（舊稱西貢）
Pusan	釜山
Pyongyang	平壤
Panmunjon	板門店
Cholon	堤岸
Bangkok	曼谷
Kuala Lumpur	吉隆坡
Penang	檳榔嶼

Tokyo	東京
Osaka	大阪
Yokohama	橫濱
Kobe	神戶
Kyoto	京都
Nagasaki	長崎
Okinawa	沖繩
Baguio	碧瑤
Brunei	汶萊
Bandoeng	萬隆
Pnompenh	金邊
Surabaya	泗水
Veintiane	永珍
Rangoon	仰光
Moulmein	毛淡棉

二、人名

㈠ 西名通常名在前，姓在後，如無特殊原因，一般只音譯其姓。如將姓與名全譯，則在姓與名之間加音界號「・」

William J. Clinton (Bill Clinton) （美國總統）	克林頓
Ingeborg Bachman （奧地利女作家）	巴赫曼
Oscar Wilde （英國文人）	王爾德
Yasir Arafat	阿拉法特

（巴解領袖）

Boris Yeltsin　葉爾辛
（俄羅斯總統）

Oliver Cromwell　奧立佛・克勞威爾
（英國政治家、軍事家）

Jack London　傑克・倫敦
（美國作家）

演藝人員的藝名，姓與名需全譯，姓與名之間不加音界號「・」。

Helen Hayes　海倫海斯
（美國女演員）

Donzel Washington　丹佐華盛頓
（美國男演員）

Whitney Houston　惠妮休斯頓
（美國女演員）

Tom Cruise　湯姆克魯斯
（美國男演員）

㈡ 音譯人名時，應遵守音譯五原則

A. 根據專有名詞的原始母語音譯

Johann Sebastian Bach　巴哈（√）德語
（德國音樂家）　貝區（×）英語

Manuel de Falla　法雅（√）西班牙語
（西班牙作曲家）　法拉（×）英語

Julius Caesar　凱撒（√）拉丁語
（羅馬大帝）　西撒（×）英語

Ferdinand Foch　福戍（√）法語

(法國將軍)　福克(×)英語

B. 採用標準國語發音翻譯，不用標準國語發音翻譯易生偏差

John Kennedy	甘迺迪(臺灣)
(美國總統)	肯尼迪(大陸)
	堅尼地(香港)
Charles Chaplin	卓別靈(上海)
(美國著名諧星)	賈波林(北京)
	差利(香港)
Audrey Hepburn	奧黛麗赫本(臺灣)
(著名女影星)	柯德莉夏萍(香港)
Katharine Hepburn	凱瑟琳赫本(臺灣)
(美國女影星)	嘉芙蓮協賓(香港)

C. 尊重已存在，並已被普遍接受的譯名

George Bernard Shaw	蕭伯納
(英國劇作家)	
Moliére	莫里哀
(法國作家及演員)	(哀字不雅，但已被普遍接受)
Saint Joan of Arc	聖女貞德
(法國民族英雄)	
Edger Allan Poe	愛倫坡
(美國作家)	

D. 避免不雅或艱澀的文字

Nikita Khruschev	赫魯雪夫(√)

（俄國總理）	黑奴血夫（不雅）
John Major	梅傑（√）
（英國首相）	每捷（混淆）
	霉廁（不雅）
Ronald Regan	雷根（√）
（美國總統）	郎奴・列根（香港）（不雅）
	郎奴・劣根（不雅）
Margaret Thatcher	柴契爾夫人（√）
（英國首相）	撒切爾夫人（大陸）（切字不雅）
Georges Jean Raymond Pompidou	龐畢度（√）
（法國政治家）	蓬皮杜（大陸）（不雅）

E. 避免容易產生混淆的文字

Mikhail Sergeyevich Gorbachev	戈巴契夫（√）
（蘇俄政治領袖）	哥爸妻夫（×）
Art Buchwald	包可華（√）
（美國男專欄作家）	苞可華（×）
Robert Taylor	羅勃泰勒（√）
（美國影星）	蘿蔔太辣（×）
Sylvia Townsend Warner	華娜（√）
（英國女作家）	華納（×）
Atlas	艾特勒斯（√）
（希臘神話中被 Zeus 罰守護天柱的神祇）	壓得累死（×）

Nicole Kidman (澳洲女影星)	妮可基嫚(√) 你可記滿(×)

㈢ 人名太長,人名太短

人名太長,音節太多時,可將一些不重要或無聲的音省略。反之,如人名太短,只有單音節時,可斟酌將無聲的音譯出。

Arthur Schopenhauer (德國哲學家)	叔本華
Dwight David Eisenhower (美國總統)	艾森豪
Douglas Haig (美國將軍)	海格
Benjamin H. Day (美國新聞出版者)	戴義
H. Trendley Dean (美國牙醫)	狄恩
George Wildman Ball (美國律師)	包爾

㈣ 同名同譯,同姓同譯,同音同譯

此三原則為陸殿揚先生在 *Translation: Its Principles and Technique* 一書中提出。因此兩人同姓時,應將全名譯出,在名與姓中間加「・」號,而不可以異字翻譯,作為區別同姓的方法。為了簡便及節省空間,中國大陸採用名字中文譯音的首字,或西文原名字的首字母,作為區別同姓的方法。

John Kennedy(美國總統)

約翰・甘迺迪;約・甘迺迪;J・甘迺迪

Robert Kennedy（美國司法部長）
羅勃・甘迺迪；羅・甘迺迪；R・甘迺迪
Edward Kennedy（美國參議員）
愛德華・甘迺迪；愛・甘迺迪；E・甘迺迪

Aretha Franklin（美國女歌手）
阿蕾莎・富蘭克林；阿・富蘭克林；A・富蘭克林
Benjamin Franklin（美國政治家）
班傑明・富蘭克林；班・富蘭克林；B・富蘭克林
John Franklin（英國探險家）
約翰・富蘭克林；約・富蘭克林；J・富蘭克林

Billie Jean King（美國女網球運動員）
比莉・金恩；比・金恩；B・金恩
Martin Luther King, Jr.（美國民權運動領袖）
金恩博士（已被普遍接受）
Rufus King（美國政治家）
魯福斯・金恩；魯・金恩；R・金恩
William Lyon Mackenzie King（加拿大政治家）
威廉・金恩；威・金恩；W・金恩

Talal ibn Hussein（約旦國王）
達拉・胡笙；達・胡笙；T・胡笙
Saddam at-Takriti Hussein（伊拉克總統）
沙達・胡笙；沙・胡笙；S・胡笙
海珊（不正確，但已被普遍接受）

(五) 區別同名同姓的其他方法

兩人同姓或同名同姓時，亦可冠以頭銜以誌區別，頭銜相同時，可冠以老、小；大、小等形容詞作為區別。

Talal ibn Hussein （約旦國王）	胡笙國王
Saddam at-Takriti Hussein （伊拉克總統）	胡笙總統 海珊總統（×）
Theodore Roosevelt （第 26 任美國總統，1858–1919）	老羅斯福總統
Franklin Roosevelt （第 32 任美國總統，1882–1945）	小羅斯福總統
Alexandre Dumas, pére （法國文學家，1802–1870）	大仲馬（已被普遍接受）
Alexandre Dumas, fils （法國文學家，1824–1895）	小仲馬（已被普遍接受）
Jean Baptiste André Dumas （法國有機化學家，1800–1884）	化學家杜瑪
Jean Daniel Dumas （法國軍事家，1721–1792）	軍事家杜瑪
Benjamin Henry Day（父） （美國報業巨人，1810–1889）	老戴義
Benjamin Day, Jr.（子） （美國印刷業巨人，1838–1916）	小戴義
Adlai Ewig Stevenson （美國副總統，1835–1914）	大史蒂文森；史蒂文森副總統
Adlai Ewig Stevenson （美國政治領袖，1900–1965）	小史蒂文森

Dwight David Eisenhower（兄） （美國總統，1890–1969）	大艾森豪；艾森豪總統
Milton Stover Eisenhower（弟） （美教育家，1899–1985）	小艾森豪；教育家艾森豪
Samuel Wesley（父） （英國教士，1662–1735）	老衛斯理
John Wesley（兄） （英國教士，1703–1791）	大衛斯理
Charles Wesley（弟） （英國教士，1707–1788）	小衛斯理
Arthur MacArthur（父） （美國將軍，1845–1912）	老麥克阿瑟
Douglas MacArthur（子） （美國將軍，1880–1964）	小麥克阿瑟

㈥ 複姓的翻譯

A. 歐美人士亦有複姓。傳統翻譯複姓與單姓並無區別，例如 Sir Alexander Frederick Douglas-Home 譯為道格拉斯霍姆。但為便於發音及記憶，本書建議翻譯複姓時，在兩姓之間加「一」號。

Sir Alexander Frederick Douglas-Home （英國首相，1903– ）	道格拉斯一霍姆
Louis Arthur Ducos du Hauron （法國物理學家，1837–1920）	迪可一迪歐龍
Cesar Francois Cassini de Thury （法國天文學家，1714–1784）	卡西尼一德蒂里
Ernestine Schnumann-Heink	舒曼一音柯

(美國歌劇聲樂家，1861–1936)

Sir Edward Coley Burne-Jones (英國畫家、設計師，1833–1898)	伯恩一瓊斯
Nicolas Boileau-Despreaux (法國作家，1636–1711)	布瓦洛一戴斯普洛
John Vallance-Owen (英國醫藥學家，1920–)	梵倫斯一奧文

B. 西、葡及其他拉丁美洲後裔習慣上同時採用父姓及母姓。父姓在前，母姓在後，中間以 y 或 e 相聯。y 或 e 的涵義相當於中文的「和」。傳統在翻譯西、葡姓氏時，常在 y 或 e 的前後加「‧」號。如 Ortega y Gasset 譯為奧蒂嘉‧伊‧加塞特，極易與一般西文名字漢譯後相混淆。現今英語系的國家，英譯拉丁美洲後裔的名字時，依據英語系國家的風俗，只採取父姓。譯成中文時，也應該遵循中國當地的風俗，只採取父姓，捨棄母姓，如果同姓，則加譯名字。

Antonio Machado y Ruiz (西班牙詩人，1875–1939)	安東尼‧馬察多
Gerardo Machado y Morales (古巴總統，1871–1939)	吉羅杜‧馬察多
Joaquim Maria Machado de Assis (巴西詩人作家，1839–1908)	基昆‧馬察多
Miguel López de Legazpe (西班牙航海家，1510?–1572)	羅佩斯
Jose Martinez Ruiz (西班牙作家，1874–1967)	馬丁內斯
Ramón del Valle-Inclán (西班牙作家，1869–1936)	拂耶一伊克隆
João de Deus Ramos	迪斯一拉莫斯

（葡萄牙詩人，1830–1896）

㈦ 姓氏字首綴語的翻譯

A. 英語系統中常見的姓氏前綴語，威爾斯人常用 Ap- 如 Apthorp，愛爾蘭人常用 Fitz-, O'-, Mac-, Mc, 如 Fitzerald, O'Connor, MacArthur, McDonald，蘇格蘭人常用 Mac-, Mc, 或 M'。其中除 O'- 代表「之孫」外，其他均代表「之子」。因為這些綴語都已溶入姓氏，成為姓氏的一部分，除了 Mac, Mc, M' 均以 Mac 視之，音譯為麥克外，其他皆以其音翻譯，不作特殊處理。

Robert Fitzroy	費滋羅艾
Barry Fitzgerald	費滋羅德
Thomas Francis O'Brien	奧佈萊恩
Frank O'Connor	奧克農
Joseph Raymond McCarthy	麥高斯
Alexander Mackenzie	麥肯茲
Herbert Aptheker	愛普撤克

B. De 在法語系統中具有貴族的涵義，常是姓氏的一部分，不容分割。但有時卻只是表示所有格的介系詞，並不屬於姓氏的一部分。漢譯時必需謹慎小心。

Charles de Gaulle	戴高樂（√）
（法國總統，1890–1970）	戴・高樂（×）高樂（×）
John William de Forest	戴佛雷斯（√）
（美國作家，1826–1906）	戴・佛雷斯（×）
	戴雷斯（×）
Wilem de Kooning	戴庫寧（√）
（荷裔美籍畫家，1904– ）	戴・庫寧（×）庫寧（×）

Amor de Cosmos （加拿大報人，1825–1897）	戴柯斯莫（√） 戴・柯斯莫（×）柯斯莫（×）
Cornelis de Vos （荷蘭畫家，1585–1651）	福斯（√） 戴福斯（×）戴・福斯（×）
Manuel de Falla （西班牙作家，1876–1946）	法雅（√） 法拉（×）戴法雅（×） 戴・法雅（×）
Guy de Maupassant （法國作家，1850–1893）	莫泊桑（√） 戴莫泊桑（×）戴・莫泊桑（×）

C. Du 在法語中的涵義是公爵，常構成姓氏的字首綴語，但並非必然。

Lammot Du Pont （美國化學家，1880–1952）	杜邦（√）
George Louis Palmella Busson Du Maurier （英國小說家，1834–1896）	杜毛理（√）
William Pène Du Bois （美國作家，1916– ）	杜伯華（√）
Joachim du Bellay （法國詩人，1522?–1560）	貝萊（√） 杜貝萊（×）

D. La 為法語姓氏字首，de la 也常形成法語姓氏字首。注意 La 為大寫時，通常是姓氏的字首，小寫時則否。

Walter de la Mare （英國文人，1873–1956）	德拉梅爾（√） 德拉・梅爾（×） 拉梅爾（×） 梅爾（×）

Jacobus Hercules de la Ray（南非將軍，1847–1914）	德拉雷（√） 德拉・雷（×） 拉雷（×） 雷伊（×）
Mazo de la Roche（加拿大作家，1885–1961）	德拉蘿序（√） 拉蘿序（×） 蘿序（×）
Oliver Hazard Perry La Farge（美國作家，1901–1963）	拉法吉（√） 法吉（×）
Robert La Follette（美國政治家，1855–1925）	拉拂德（√） 拂德（×）
Charles de La Condamine（法國科學家，1701–1774）	拉孔達明（√） 德拉孔達明（×）
Marie de La Fayette（法國女作家，1634–1693）	拉費黛（√） 德拉費黛（×）

E. 如有爵稱時，爵稱後面的 de 常含所有格的意義，並非姓氏的一部分。

Robert Cavelier, sieur de La Salle（法國探險家，1643–1687）	拉賽爾（√） 拉賽爾爵士（√） 戴拉賽爾（×）
François, duc de La Rochefoucauld（法國作家，1613–1680）	拉羅序拂柯（√） 拉羅序拂柯公爵（√） 戴拉羅序拂柯（×）
Alvaro de Bazán, marquis de Santa Cruz	艾法羅・聖克魯斯（√） 聖克魯斯侯爵（√）

	戴聖克魯斯（×）
Bernard Le Bovier, sieur de Fontenelle （法國科學家、文人，1657–1757）	豐特奈爾（√） 豐特奈爾爵士（√） 戴豐特奈爾（×）

F. Le 在法語系統中也構成姓氏的字首綴語。

Joseph-Achille Le Bel （法國化學家，1847–1930）	勒貝爾（√） 貝爾（×）
Curtis Emerson Le May （美國空軍將領，1906– ）	勒梅（√） 梅以（×）
Claude Le Jeune （法國作曲家，1527–1600）	勒內（√） 內恩（×）
John Archer Le Jeune （美國將領，1867–1942）	約翰・勒內（√） 勒內將軍（√）
John Lawrence Le Conte （美國昆蟲學家，1825–1883）	勒孔特（√） 孔特（×）
Robert Le Masson （法國大法官，1365–1443）	勒梅頌（√） 梅頌（×）

G. Van 在荷語系統中具有 of 的涵義，常用來表示出生地。有時視為介系詞，有時則溶入姓氏，成為姓氏的一部分。

Vincent van Gogh （荷蘭畫家，1853–1890）	梵谷（√）
Martin van Buren （美國第八任總統，1782–1862）	范佈倫（√） 佈倫（×）

Robert Jemison van de Graaff （美國科學家，1901–1967）	范德格拉夫（√） 德格拉夫（×） 格拉夫（×）
Henry van de Velde （比利時建築師，1863–1957）	范德維爾（√） 德維爾（×）維爾（×）
Jochem van Bruggen （現代南非作家）	佈羅真（√） 范佈羅真（×）
Gerrit van Honthorst （荷蘭畫家，1590–1656）	洪德斯特（√） 范洪德斯特（×）

H. Von 在德語系統中具有 of 的涵義，常用來表示貴族的身分。有時視為介系詞，有時溶入姓氏，成為姓氏的一部分。在美國，這種情況尤其普遍。當溶入姓氏時，應視為姓氏的一部分，不可分割。

Wernher von Braun （德裔美國工程師，1912–1977）	馮佈朗（√） 佈朗（×）
John von Neumann （匈裔美國數學家，1903–1957）	馮紐曼（√） 紐曼（×）
Hugo von Hofmannsthal （奧地利詩人、文學家，1863–1937）	霍夫曼斯塔（√） 馮霍夫曼斯塔（×）
Theodore von Karman （美國氣體動力工程師，1881–1963）	卡門（√） 馮卡門（×）
George von Békésy （美國物理學家，1899–1972）	貝克西（√） 馮貝克西（×）

Johann Nikolaus von Hontheim	洪德（√）
（德國史學及神學家，1701–1790）	馮洪德（×）

㈧ 基督教聖徒名字的翻譯

基督教徒對教會有貢獻，或一生行事合於教義者，在死後由教會封為 Saint，簡稱 St.。San, Santa, Santo, São 分別為其西班牙文及葡萄牙文的同義字。漢譯時可譯為聖徒，簡譯為聖。如為女性，可譯為聖女，但不可譯為聖人，因為在我國，聖人指的是有德之人，如孔孟，而非基督徒。

A. 聖徒

St. Stephen	聖史德芬
（基督教第一位殉教士，?–36?）	
St. Valentine	聖華倫泰
（第三世紀）	
St. Agnes	聖女愛格尼斯
(304?–?)	
St. Longinus	聖朗納斯
（殉教士，死於第一世紀）	
St. Matrona	聖女瑪特納
（殉教士，忌日不詳）	
St. David	聖大維
（詩人之主保，死於西元 589 年左右）	

B. 非聖徒

西人常以基督教聖徒之名為姓。譯成中文時可以「森」字起首，取其同音。若譯為「聖」則應加譯名字或注以職稱，以便與真聖徒區別。

Oliver St. John	奧立拂・聖約翰（√）
（英國國會議員，1598–1673）	聖約翰議員（√）
	森約翰（√）
	聖約翰（×）

Louis de Rouvroy, duc de Saint-Simon
（法國軍人和作家，1675–1755）

路易・聖賽門（√）
聖賽門公爵（√）
森賽門公爵（√）
聖賽門（×）

Louis-Claude de Saint Martin
（法國哲學家，1743–1803）

路易・聖馬丁（√）
哲學家聖馬丁（√）
森馬丁（√）
聖馬丁（×）

José de San Martin
（阿根廷將軍，1778–1850）

荷西・聖馬丁（√）
聖馬丁將軍（√）
森馬丁（√）
聖馬丁（×）

Alberto Santos-Dumont
（巴西航空工業先驅，1873–1932）

艾伯托・聖杜蒙（√）
聖杜蒙先生（√）
森杜蒙（√）
桑托斯―杜蒙特（×）
聖杜蒙（×）

Antonio López de Santa Anna
（墨西哥將軍，1795–1876）

安東尼・聖安納（√）
聖安納將軍（√）
森安納（√）
桑特・安納（×）
聖安納（×）

Andrés Santa Cruz
（玻利維亞將軍，1792–1865）

安德雷・聖克魯斯（√）
聖克魯斯將軍（√）
森克魯斯（√）
桑特・克魯斯（×）
聖克魯斯（×）

㈨ Sir

英國遠自十六世紀以來，當某人在其專業領域中有特殊成就或貢獻時，英國皇室就冊封他為 Knight。獲得這項冊封的人，在其姓氏前可冠上 Sir 的名號，譯成中文則為勛爵，以便與世襲的貴族爵稱區別，若查證困難時，亦可譯為爵士。其妻則稱 Lady，翻譯為夫人。若受封者為已婚女性，如 Lady Margaret Thatcher 則譯為勛爵柴契爾夫人，因為這是一個榮譽性的稱謂，如無特殊需要，可以略而不譯。如翻譯，則必需譯為勛爵或爵士，但不可譯為先生，以免和一般普遍禮貌性的稱謂混淆。

Sir Arthur Conan Doyle （英國偵探小說家，1859–1930）	杜爾（√） 杜爾勛爵（√） 杜爾先生（×）
Sir Winston Churchill （英國首相，1874–1965）	邱吉爾（√） 邱吉爾勛爵（√） 邱吉爾先生（×）
Sir John Alexander MacDonald （加拿大政治領袖，1815–1891）	麥克唐納（√） 麥克唐納勛爵（√） 麥克唐納先生（×）

㈩ Jr.

Jr. 是 Junior 的簡寫，常見於美國人的姓名。當父子同名時，美國習俗在兒子姓名的末端加上 Jr. 以作區別。翻譯時如無特別需要可略而不譯。如有需要時，可譯為「小」。

Sammy Davis, Jr. （美國影星、歌星，1925– ）	山姆戴維斯（√）
Herbert Brownell, Jr. （美國司法部長，1904– ）	佈勞內爾（√）

John B. Colton, Jr. （美國劇作家，1889–1946）	科爾敦（√）
Samuel James Ervin, Jr. （美國參議員，1896–1985）	奧文（√）
Oliver Wendell Holmes（父） （美國作家，1809–1894）	何默斯（√） 大何默斯（√）老何默斯（√）
Oliver Wendell Holmes, Jr.（子） （美國大法官，1841–1935）	小何默斯（√）
Benjamin Oliver Davis（父） （美國陸軍首位黑人將領，1877–1970）	戴維斯（√） 大戴維斯（√）老戴維斯（√）
Benjamin Oliver Davis, Jr.（了） （美國空軍首位黑人將領，1912– ）	小戴維斯（√）

㈩ 外國人已有中文名字

當外國人已有自定的中文名字時，應尊重自己的決定，不再依其姓氏音譯。

A. 西方人名

Pearl S. Buck （美國文學家）	賽珍珠（√） 巴克（×）
John K. Fairbank （美國漢學家，哈佛大學教授）	費正清（√） 費爾貝（×）
Leighton Stuart （美國駐華使節）	司徒雷登（√） 司徒特（×）
Chris Patten （香港總督）	彭定康（√） 派頓（×）

David Trench	戴麟趾（√）
(香港總督)	戴雷屈（×）
David Whitfield	韋陀（√）
(倫敦大學，中國美術史教授)	韋特費爾（×）
Glen Dudbridge	杜德橋（√）
(劍橋大學，中文教授)	杜德佈雷巨（×）
B. Riftin	李福清（√）
(俄國國家科學院通訊院士，世界文學研究所研究員)	李福甸（×）
Erik Zücher	許理和（√）
(荷蘭，萊頓大學，中文教授)	茱協（×）
Robert van Gulik	高羅佩（√）
(荷蘭漢學家)	高力克（×）

B. 亞洲各國人名

亞洲各國人名已有特定漢字時不可另取同音字翻譯。

Ngo Quyen	吳權
(越南國王，897?–944)	
Ngo Dinh Dien	吳廷琰
(越南總統，1901–1963)	
Nguyen Cao Ky	阮高祺
(越南軍政領袖，1930–)	
Nguyen Tri Phuong	阮智方
(越南抗法軍人，1806–1873)	

Chŏng Sŏn （朝鮮名畫家，1676–1759）	鄭鄯
Kim Il Sung （北韓總統，1912–1994）	金日成
Rhee Syngman （南韓總統，1867–1965）	李承晚
Park Chung Hee （南韓大統領，1917–1979）	朴正熙
Sato Haruo （日本文人，1892–1964）	佐藤春夫
Yamamoto Isoroku （日本海軍將領，1884–1943）	山本五十六
Suzuki Daisetsu Teitaro （日本思想家，1870–1966）	鈴木大拙

(a) 日本常見的姓氏:

Sato	佐藤	Mitsubishi	三菱
Ito	伊藤	Yamada	山田
Nakamura	中村	Suzuki	鈴木

(b) 韓國常見的姓氏:

Chong	鄭	Kwon	權
Hyon	玄	Mun	文
Kang	姜	Park	朴
Kim	金		

(c) 越南常見的姓氏:

Ngo	吳	Tran	陳
Dam	譚	Truong	張
Ha	何	Van	文
Nguyen	阮		

第二節　中國地名與人名

中文的專有名詞譯成外文時也應音譯。一般常用的拼音系統有五：

一、國語注音符號第二式 (Mandarin Phonetic Symbols II)：以林語堂與趙元任於 1920 年所創之羅馬拼音系統為根據，於民國七十五年元月由中華民國政府教育部修訂後明令正式啟用。

二、漢語拼音 (Hanyu Pinyin)：是讀漢字的一種音標。1958 年由中華人民共和國正式公佈實行。1982 年成為國際標準 ISO7098 中文羅馬字母拼寫法，聯合國把漢語拼音訂為中文譯音標準。

三、韋氏拼音 (Wade-Giles)：又稱威妥瑪拼音，是由英國駐華外交使節威妥瑪 (Thomas Wade, 1818–1895) 與翟理斯 (Herbert Allen Giles, 1845–1935) 於 1870 年間共同編纂而成。此系統一直沿用至 1982 年才逐漸為漢語拼音取代。

四、耶魯拼音 (Yale Romanization)：於 1940 年由耶魯大學研發。許多美國出版的中文參考書、教科書都採用此系統，包括耶魯大學編寫的中文教材。因為這套系統比較符合英文的拼音習慣，很多人喜歡用，對其他中文拼法也有很大的影響。

五、通用拼音：由中華民國中央研究院余伯泉根據「漢語拼音」編纂而成。民國 91 年（2002 年）中華民國行政院決定採用「通用拼音」為今後臺灣地區中文譯音的原則，但並不強制各地方政府一律採用。

（漢語、通用拼音系統對照表見附錄二）

下列為各式國音符號對照表：

Initials 聲母

注音符號	MPS II	Hanyu Pinyin	WG	Yale
ㄅ	b	b	p	b
ㄆ	p	p	p’	p
ㄇ	m	m	m	m
ㄈ	f	f	f	f
ㄉ	d	d	t	d
ㄊ	t	t	t’	t
ㄋ	n	n	n	n
ㄌ	l	l	l	l
ㄍ	g	g	k	g
ㄎ	k	k	k	k
ㄏ	h	h	h	h
ㄐ	j(i)	j(i)	ch(i)	j(i)
ㄑ	ch(i)	q(i)	ch(i)	ch(i)
ㄒ	sh(i)	x(i)	hs	s(i)
ㄓ	j	zh	ch	j
ㄔ	ch	ch	ch’	ch
ㄕ	sh	sh	sh	sh
ㄖ	r	r	j	r
ㄗ	tz	z	tz, ts	dz
ㄘ	ts	c	tz’, ts’	ts
ㄙ	s	s	sz, ss, s	s

Finals 韻母

注音符號	MPS II	Hanyu Pinyin	WG	Yale
（ㄓ）	-r, -z	-i	-ih, -û	-r, -z
ㄧ	yi, -i	yi, -i	yi, -i	yi, -i

ㄨ	wu, -u	wu, -u	wu, -u	wu, -u
ㄩ	yu, -iu	yu, -u	yü, -ü	yu
ㄚ	a	a	a	a
ㄛ	o	o	o	o
ㄜ	e	e	ê, o	e
ㄝ	ê	e		e
ㄞ	ai	ai	ai	ai
ㄟ	ei	ei	ei	ei
ㄠ	au	ao	ao	au
ㄡ	ou	ou	ou	ou
ㄢ	an	an	an	an
ㄣ	en	en	ên	en
ㄤ	ang	ang	ang	ang
ㄥ	eng	eng	êng	eng
ㄦ	er	er, r	êrh	er, r

Compound Finals 結合韻母

注音符號	MPS II	Hanyu Pinyin	WG	Yale
ㄧㄚ	ya, -ia	ya, -ia	ya, -ia	ya
ㄧㄛ	io			
ㄧㄝ	ye, -ie	ye, -ie	yeh, -ieh	ye
ㄧㄞ	yai, -iai	yai, -iai	yai	yai
ㄧㄠ	yau, -iau	yao, -iao	yao, -iao	yau
ㄧㄡ	you, -iou	you, -iou	yu, -iu	you
ㄧㄢ	yan, -ian	yan, -ian	yen, -ien	yan
ㄧㄣ	yin, -in	yin, -in	yin, -in	yin, -in
ㄧㄤ	yang, -iang	yang, -iang	yang, -iang	yang
ㄧㄥ	ying, -ing	ying, -ing	ying, -ing	ying, -ing
ㄨㄚ	wa, -ua	wa, -ua	wa, -ua	wa

ㄨㄛ	wo, -uo	wo, -uo	wo, -uo	wo
ㄨㄞ	wai, -uai	wai, -uai	wai, -uai	wai
ㄨㄟ	wei, -uei	wei, -uei, -ui	wei, -uei, -ui	wei
ㄨㄢ	wan, -uan	wan, -uan	wan, -uan	wan
ㄨㄣ	wen, -uen	wen, -un	wên, -un	wen
ㄨㄤ	wang, -uang	wang, -uang	wang, -uang	wang
ㄨㄥ	weng, -ung	weng, -ong	wêng, -ung	weng, -úng
ㄩㄝ	yue, -iue	yue, -ue	yüeh, -üeh	ywe
ㄩㄢ	yuan, -iuan	yuan, -uan	yüan, -üan	ywan
ㄩㄣ	yun, -iun	yun, -un	yün, -ün	yun
ㄩㄥ	yung, -iung	yong, -iong	yung, -iung	yung

㈠ 地名

音譯漢字時，隨著時空的不同，有五種不同的系統可供選擇，因此造成相當程度的混亂。自從 1982 年漢語拼音為國際社會接受以後，若無特殊的原因，音譯漢字時，建議採用漢語拼音，但仍需遵守兩項原則：A. 根據標準國語發音翻譯。B. 尊重已存在，並已被普遍接受的譯名。

A. 根據標準國語發音翻譯

北京	Beijing（第二式；漢語拼音；耶魯）
	Peiching（韋氏）
甘肅	Gansu（第二式；漢語拼音；耶魯）
	Kansu（韋氏）
蘭州	Lanjou（第二式；耶魯）
	Lanzhou（漢語拼音）
	Lanchou（韋氏）
高雄	Gaushiung（第二式）
	Gaoxiong（漢語拼音）
	Kaohsiung（韋氏，已被普遍接受）

	Gausyung（耶魯）
新竹	Shinju（第二式）
	Xinzhu（漢語拼音）
	Hsinchu（韋氏）
	Sinju（耶魯）
基隆	Jilung（第二式；耶魯）
	Jilong（漢語拼音）
	Chilung（韋氏）
	Keelung（已被普遍接受）
天安門廣場	Tiananmen Square（第二式；漢語拼音）
	Tienannmen Square（韋氏）
	Tyananmen Square（耶魯）
龍山寺	Lungshan Temple（第二式；韋氏；耶魯）
	Longshan Temple（漢語拼音）
墾丁國家公園	Kenting National Park（韋氏）
	Kending National Park（第二式；漢語拼音；耶魯）

B. 尊重已存在，並已被普遍接受的譯名

紫禁城	Forbidden City
澳門	Macau
香港	Hong Kong
長城	The Great Wall
黃河	The Yellow River
天壇	Temple of Heavenly Peace

㈡ 人名

音譯中國人名時，除了要遵守音譯的各項原則外，並需注意下列各事項。

A. 中西習俗不同

中國習慣姓在前，名在後，英譯時亦照此順序。聯合國未把漢語拼音定為中文譯音標準前，國人將名字英譯時，常採用韋氏系統或混合各種系統使用。基於翻譯專有名詞時，尊重已存在，並已被普遍接受的譯名原則，該類譯名應受尊重與接受。但日後若需音譯，則建議採漢語拼音。在臺灣，名若為雙字，則作兩字處理，但在雙字間加「-」號。中國大陸則將雙字作一字處理。大陸和臺灣均將姓和名的開頭字母大寫。

孫中山	Sun Yat-sen
蔣經國	Chiang Ching-kuo
李登輝	Lee Teng-hui
周恩來	Zhou Enlai
鄧小平	Den Xiaoping
江澤民	Jiang Zemin
何大一	He Dayi
梅蘭芳	Mei Lanfang
諸葛亮	Zhuge Liang
東方朔	Dongfang Shuo
魯迅	Lu Xun

B. 如採縮寫，則應將姓置於後

孫中山	Y. S. Sun
蔣經國	C. K. Chiang
李登輝	T. H. Lee

C. 如採用英文名，則應順從英文姓名的習俗，將姓置於後

錢復	Fredrick Chien
成龍	Jackie Chan
何大一	David He

D. 如採用英文名字，加中文名字縮寫時，亦應將姓置於後

戴粹倫	David C. L. Tai
何大一	David D. Y. He

E. 已經專名化的稱呼，則連寫，開頭大寫

包公	Baogong
西施	Xishi
孟嘗君	Mengchangjun
證嚴法師	Master Cheng Yen（已存在，並已被普遍接受）

第三節　私法人機構名稱

法人團體可分公法人與私法人。公法人一般指國家及公營事業團體，私法人又可分財團法人與營利法人兩種。財團法人以公益事業為目的，如學校、基金會等，翻譯時比照國名與人名，以音譯為主，但具濃厚意識形態的則可意譯。

營利法人以營利為目的，如公司行號，翻譯時無嚴格規定，因為像品牌名稱、一般公司行號的名稱，有時要兼顧響亮、易記和推銷力。

一、財團法人

財團法人的名稱以音譯為主，音譯時遵守音譯五原則。但名稱具濃厚意識形態者，則可意譯。

㈠ 根據標準國語發音翻譯

國立中正大學	National Chung Cheng University
國立政治大學	National Chengchi University
國立成功大學	National Cheng Kung University
國立交通大學	National Chiao Tung University
東海大學	Tunghai University
輔仁大學	Fu Jen Catholic University
樹林建民圖書館	Shulin Chienmin Library
慧光圖書室	Huikang Library
財團法人天主教蘭陽青年會	The Lan Yang Catholic Center
Harvard University	哈佛大學
Yale University	耶魯大學
Princeton University	普林斯頓大學
University of Pennsylvania	賓州大學
Stanford University	史丹福大學
Smithsonian Institution	史密森學會
John A. Hartford Foundation	哈特福德基金會

㈡ 尊重已存在，並已被普遍接受的譯名

中國文化大學	Chinese Culture University
國立中央大學	National Central University
東吳大學	Soochow University
國立中山大學	National Sun Yat-Sen University
耕莘文教院	Tien Educational Center
長春文康活動中心	Evergreen Home
松柏俱樂部	Pine Clubs
University of Oxford	牛津大學
University of Cambridge	劍橋大學
Rotary Clubs	扶輪社

㈢ 避免容易產生混淆的文字

Zonta	崇她社（×） 該社會員雖均為社會上女性菁英，但其宗旨是增進社會福利，提昇婦女的知識水準，促進人與人之間的了解與和平，與「崇拜她」毫無關聯，譯為「崇她社」極易混淆。
Reuters	路透社（×） 該社是英國著名的通訊社，創立於1849年，久負盛名，在新聞界備受推崇。譯為「路透社」，令人有路邊新聞的聯想。

㈣ 名稱中表性質的形容詞應意譯

國立彰化師範大學	National Changhua University of Education
國立臺灣藝術大學	National Taiwan University of Arts
國立臺灣海洋大學	National Taiwan Ocean University
私立臺北醫學大學	Taipei Medical University
中央警察大學	Central Police University
California Institute of Technology	加州理工學院
American Philosophical Society	美國哲學學會
Carnegie Endowment for International Peace	卡內基國際和平基金會
American Kennel Club	美國育狗協會

Lovelace Medical Foundation	拉福勒斯醫藥基金會

㈤ 名稱具濃厚意識形態者應意譯

晚晴婦女協會	Warm Life Association for Women
勵馨基金會	Garden of Hope for Adolescent Prostitutes
The Red Cross Society	紅十字會
The Salvation Army	救世軍
World Wildlife Fund	世界野生動物基金會
Save the Children	拯救孩童聯盟
Federation Transparency International (a graft-fighting lobbying group based in Berlin)	國際反貪組織
Very Special Arts	特殊才藝協會
World Vision International	世界展望會
Greenpeace	綠色和平組織

二、營利法人

營利法人及品牌名稱在翻譯時要兼顧響亮、易記和推銷力，並不一定要音譯。

臺北國賓大飯店	Ambassador Hotel
圓山大飯店	Grand Hotel
來來大飯店	Lai Lai Sheraton Hotel
福華大飯店	Howard Plaza Hotel
小人國	Window on China
長榮海運	Evergreen Marine Corp.

陽明海運	Yangming Marine Transportation
永興航空	Yung Shing Airlines
國泰航空	Cathay Pacific Airways
亞舍股份有限公司（專售傢俱、古董、手工藝品）	Oriental House
富祺房屋	Foutune Realty
嬌生嬰兒用品	Johnson & Johnson
Titus	鐵達時錶
Citizen	星辰錶
Rolex	勞力士（×）令人聯想勞苦人專用，若改為羅利市則較有口采
Lego	樂高積木
Giant	捷安特自行車
Mary Cohn	媚力蔻專業化妝品
Clairol Herbal Essence	綠野香波
Lux	麗仕香皂（√）力士（×）令人聯想男士專用
Shelick	舒適刮鬍刀
VO 5	美吾髮
Colgate	高露潔牙膏
Master Card	萬事達卡
Visa Card	威士卡
Maestro Card	萬事順卡
Shine	上運牌（網球，高爾夫球）
General Electric (GE)	奇異牌（電器）
Whirlpool	惠而浦（電器）可將浦改為普，因普有普及的涵義
Sheaffer	西華牌（鋼筆）

Sailor	寫樂牌（鋼筆）
Kluber	可潤保（潤滑油）

第四節　文學作品中的專有名詞

在翻譯文學作品時，常遇到人名及地名等專有名詞需要翻譯。在歷史及地理上的人名與地名因真有其人，實有其地，所以在翻譯時應尊重其母語發音，以保存真實性。但文藝創作中的人、地名是作者設計下的產物，並常寓有涵義，與全文呼應，一氣呵成。基於翻譯的目的，在使譯文讀者閱讀譯文時的感受，一如原文讀者在閱讀原文時的感受，因此翻譯文學作品中的專有名詞時，原文作者的設計應受尊重，不可抹殺，故可斟酌予以意譯，不易意譯時，可以在不妨害閱讀流暢的前提下注釋。為便於讀者辨識，人名和地名若無特殊涵義時，可以本土化。此外並需注意小名及暱稱，以免一人變二人，甚至數人，造成讀者的困惑。

一、文學作品中專有名詞具特殊涵義時當意譯

㈠ 人名與地名寓意明顯時可以直接意譯

Nathaniel Hawthorne 著名的寓言短篇故事 *Young Goodman Brown*，書中四位主要人物分別為主角 Goodman Brown，其妻 Faith Brown，教義導師 Goody Cloyse 及教會執事 Deacon Gookin。現將四人名字分別意譯及音譯如下：

Young Goodman Brown

by Nathaniel Hawthorne

	意譯	音譯
Goodman Brown（主角）	卜善人	谷特曼・布朗
Faith Brown（妻）	卜信心	費絲・布朗
Goody Cloyse（教義導師）	柯虔誠	古蒂・克羅斯
Deacon Gookin（教會執事）	郝執事	棣肯・賈景

由上面的比較可以清楚看出寓意明顯的專有名詞不宜音譯，否則無法有效傳達原文作者的意圖。

(二) 人名與地名寓意含蓄時應仔細推敲後予以適當的意譯，不可粗率直譯或音譯

大部分文學作品中專有名詞的涵義，並不直接明顯。譯者需由原文作者的文化背景去探索，然後就譯文讀者的文化背景作適度的調整，才能有效傳達原文作者的意圖。現以下面兩個例子說明。

The Phoenix

by Sylvia Townsend Warner

（情節大意）

傳說中鳳凰是鳥類中的稀世之寶，原產於阿拉伯，舉世只有一隻，不需配偶，衰老時浴火重生。Lord Strawberry 歷經萬難將其覓得，飼養於其私人鳥園，待之以禮。Lord Strawberry 死後，鳳凰鳥落入商人 Mr. Tancred Poldero 之手。Mr. Poldero 唯利是圖，因鳳凰鳥不諳世俗把戲去娛樂遊客，Mr. Poldero 就百般凌虐，希望能促其早日自焚，以獲巨利。他的助理 Mr. Ramkin 則是位得力的幫兇。

（人名分析）

由作者為各主要人物的命名上，可見她用心良苦。Strawberry 是一種夏天的漿果，味道香甜，色澤豔紅，予人溫柔、關愛、美麗、希望等聯想。Lord 是人類社會中的貴族，而鳳凰則是鳥類社會裡的貴族，因此他們才能相知、相惜。Poldero 是個杜撰的姓，其字源為 Polder，指的是低於海平線的海埔新生地，特徵為貧瘠、低下、荒蕪。Ramkin 顧名思義就是 Ram 的親戚。Ram 就是羊，在英文中羊是愚蠢、魯莽的動物。因此 Ramkin 與這種特性相去不遠。作者精心巧思的命名，如果翻譯時只是粗率地音譯，有負作者心血。如能適當意譯，不但忠於原作者本意，更能使譯文生色。現就此三人名字的意譯及直譯或音譯如下：

	意譯	音譯或直譯
Lord Strawberry	史卓明爵士	草莓爵士
Mr. Tancred Poldero	朴卑地先生	普德魯先生
Mr. Ramkin	魯愚先生	魯金先生

由上面的比較可以看出，若將 Lord Strawberry 直譯為草莓爵士，對中國讀者來說，失去了它在西方文化中溫厚與希望的象徵，代之的是中國文化背景中香甜可口的聯想，這與原文作者的意圖相去太遠了。將 Poldero 音譯為普德魯先生，將 Ramkin 音譯為魯金先生，也不能點出他倆的個性，浪費了作者苦心的設計。下面的例子更進一步說明調整兩國文化習俗用語的必要。

Animal Farm

by George Orwell

（情節大意）

作者藉寓言的形式諷刺 1917 年二月革命到 1943 年底德黑蘭會議止的蘇俄歷史。該時期由史達林掌政。

（人名、地名分析與翻譯）

Manor Farm： （地名）	Manor 是中世紀時英國封建制度下大地主的莊園或封地。直譯為曼諾農莊❶不足

	以凸顯其性質，可改譯為曼諾莊園。
Surgarmountain：（地名）	是西方人心目中的世外桃源，源自《舊約聖經》中之 Land of milk and honey。直譯為糖山[2]或甘蔗山[3]均詞不達意，可意譯為桃源山。
Boxer：（動物名）	原意為有勇無謀之人。音譯為巴普斯[4]或直譯為拳王[5]均不足反映原作者的意圖。拳王較巴普斯佳，但稱王則與書中角色性質不符。譯為拳擊手當較更妥切。
Clover：（動物名）	原意是溫和親切。在英國它一直被視為是一種神奇的植物，能使土壤肥沃，生長出養分高的牧草[6]。音譯為克拉薇[7]或直譯為苜蓿[8]均不易將此訊息傳達給讀者。如意譯為靈芝，較能吻合作者的原設計。
Squealer：（動物名）	直譯為尖喉[9]較音譯為史奎爾[10]佳，若譯為傳聲筒或大喉嚨，則更能為我國讀者領會。

[1] 孔繁雲譯，《動物農莊》，臺北：志文，1992。

[2] 任稺羽譯，《動物農莊》，臺北：仙人掌，民國六十年。

[3] 孔繁雲譯，前引書。

[4] 孔繁雲譯，前引書。

[5] 任稺羽譯，前引書。

[6] "Agriculture", *The New Book of Knowledge*, 1981.

[7] 孔繁雲譯，前引書。

[8] 任稺羽譯，前引書。

[9] 任稺羽譯，前引書。

[10] 孔繁雲譯，前引書。

(三) 人名與地名雖寓有涵義但意譯不易時，可以在不妨害閱讀流暢的前提下注釋

Wuthering Heights

by Emily Brontë

Wuthering Heights (地名)	咆哮山莊
Heathcliff (人名)	希克利夫
Catherine Earnshaw (人名)	凱菈玲・恩屾
Ellen Dean (人名)	愛玲・狄恩
Thrushcross Grange (地名)	天堂農莊

注：

Heathcliff	原意為荒野中的峭崖。
Catherine Earnshaw	Earnshaw 的原意為峭崖的思慕者或憂傷者 (*Webster's Third New International Dictionary*. p. 714, p. 2089.)。
Ellen Dean	Dean 的原意為掌理團體事務者或團體中的長者。
Thrushcross Grange	Thrush 原意為畫眉鳥。畫眉鳥飛越的地方是天堂。女主角在向女管家自我剖白時，也稱自己生長的地方為天堂，天堂農莊與咆哮山莊形成強烈的對比，和書中故事情節相符。

二、文學作品中專有名詞未具特殊涵義時可本土化

專有名詞在全文中不具特殊涵義時，人名可以本土化，以利讀者辨識。

例一

Gone with the Wind

by Margaret Mitchell

（譯者佚名）

Rhett Bulter	白瑞德
Scarllett O'Hara	郝思嘉
Ashley Wilkes	衛希禮
Melaine Hamilton	韓媚蘭

例二

Harvey

by Mary Chase

Translated by Chin Lee-Hua

Edward P. Dowd	杜愛華
Veta Louise Simmons	史杜維達（杜愛華已婚的姐姐）
Myrtle Mae Simmons	史美美（史杜維達的女兒）

人名若不本土化，則當他們以不同的身分出現在讀者面前時極易產生混淆。例如將 Rhett Bulter 譯為雷特・巴爾德，則在文中提到雷特或巴爾德先生時，極易被誤認為兩個不同的人。但若本土化為白瑞德，則鮮少有人會將瑞德及白先生誤認為兩人。名字本土化另一個理由是便於讀者分辨書中人物的關係。例如將 Edward P. Dowd 音譯為愛德華・杜德，將 Veta Louise Simmons 音譯為維達・西蒙斯，讀者便不易認清他們之間的關係。

三、英文姓名的暱稱與小名

西方人名的暱稱由我國人看來常與其本名毫無關聯，因此在翻譯時稍一不慎，常會使一人變二人，甚至數人，而令讀者一頭霧水。以美國總統柯林頓為例，他的名字是 William J. Clinton，但是 William 的暱稱是 Bill，所以人們常以 Bill Clinton 稱呼他。不知情的人，還以為 Bill Clinton 和 William J. Clinton 是兩個完全不同的人。處理暱稱，首先要能辨識西方本名及其暱稱，再決定適當的翻譯。通常西文名字暱稱的變化可以分為六種。

(一) 取正名的首音節

Donald—Don

Samuel—Sam

Agnes—Ag

Constance—Con

Patricia—Pat

Archibald—Arch

Christine—Chris

(二) 取正名的首音節加 ie 或 y 衍生而成

Donald—Don—Donnie

Samuel—Sam—Sammie, Sammy

Agnes—Ag—Aggie, Aggy

Constance—Con—Connie

Patricia—Pat—Pattie, Patty

Archibald—Arch—Archie, Archy

(三) 保留正名的後端音節衍生而成

Jimima—Mima

Matilda—Tilda

Isabella—Bel, Bell, Bella, Belle

Elizabeth—Beth, Bess, Bessie, Bessy

Beatrix—Trix, Trixie, Trixy

Andrew—Drew

Gertrude—Truddy, Trudy

㈣ 取正名頭尾音節衍生而成

Adeline—Aline

Augustine—Austine

Katherine—Karen

Angelina—Angela

Philip—Pip

Izaak—Ik

㈤ 以母音起首的名字，常在字首加 "**N**" 衍生暱稱

Ann—Nina

Agnes—Ness, Nessa, Nessie

Edgar—Ned

Ellen—Nell, Nellie, Nelly

Antonia—Net

Oliver—Noll, Nolly

㈥ 無明顯規則可循者

Carol—Lina, Chat

William—Dod, Doddy, Bill

Richard—Dick

Maltilda—Petty

Mary—Poll, Polly

Teresa—Tracy, Terry, Teri

Robert—Bob

除了上述六種變化之外，一個正名常有好幾個暱稱，也有不同的正名共用一個暱稱。例如 Elizabeth 就有 Bess、Bessie、Bessy、Bet、Beth、Betsey、Bettina、Betty、Elsa、Elsie、Ilse、Libby、Lillian、Lisa、Lisbeth、Liz、Liza、Lizbeth、Lizzie、Lizzy 等多種暱稱；亦有數個正名共用一個暱稱的，例如 Maria、Mary、Miriam 都暱稱 Polly；Edgar、Edmund、Edward 都暱稱 Ed。二十世紀中葉以後，許多人喜歡將自己的名字中性化，包括暱稱。以 Teresa 為例，一般常見的暱稱是 Tracy 或 Terry。但現在又出現了一個新的暱稱 Teri。暱稱的變化真是無窮，翻譯的時候一定要小心。

在明白人名暱稱的變化後，翻譯文藝作品時可將暱稱本土化，使其符合文中各種身分適當的稱呼。以《咆哮山莊》中的女主角及女管家的名字為例。女主角的名字是 Catherine，依照傳統的翻譯法可音譯為凱莎玲。在書中她常被暱稱為 Cathy，可將其本土化為小玲或玲玲。若音譯為凱絲，則有可能誤導讀者錯認為二個不同的人。女管家的全名為 Ellen Dean，依照傳統的方法可音譯為愛倫・狄恩；亦可漢化為狄愛倫。在書中她常被稱為 Mrs.Dean，則可改譯為狄嫂或狄太太，視稱呼她的人而定位。她亦被稱為 Nelly，Nelly 是 Ellen 的暱稱，當凱莎玲稱呼她為 Nelly 時，可改譯為狄嫂、狄姨或狄媽媽。但若譯為納麗則易導致讀者誤解。另一個方法是加注釋。但太多的注釋會妨害讀者閱讀時的通暢。

四、英譯我國文學作品中專有名詞時原則相同，勿需硬性音譯

王際真 (Chi-Chen Wang) 所譯之《紅樓夢》(*The Dream of the Red Chamber*) 中四個女子名均意譯，而 David Hawkes 所譯的《紅樓夢》(*The*

Story of the Stone)，同樣的四個女子，則均音譯。

紅樓夢

(*The Dream of the Red Chamber*)

Translated by Chi-Chen Wang

元春	Cardinal Spring
迎春	Welcome Spring
探春	Quest Spring
惜春	Compassion Spring

紅樓夢

(*The Story of the Stone*)

Translated by David Hawkes

元春	Yuan-Chun (Imperial Concubine)
迎春	Ying-Chun
探春	Tan-Chun
惜春	Xi-Chun

不管音譯或意譯，在決定前首先必需熟讀原文，清楚了解原作者的意向，以便作出明智的決定。不重要的人名、地名，音譯即可。但關鍵性的人、地名，如不能意譯則必需加注釋說明。如果在還沒有清楚了解全文的涵義就貿然翻譯，不但損害譯文的完美，甚至可能將譯文讀者導入錯誤的認知。例如 Florence and Isabel McHugh 合譯的《紅樓夢》(*The Dream of the Red Chamber*) 中將寶釵譯為 Precious Clasp，黛玉譯為 Black Jade，寶玉則音譯為 Pao Yu，黛玉的丫環紫鵑則譯為 Cuckoo 等，就值得商榷。因為釵不是 Clasp，而是一種固定頭髮的髮飾，所以譯為 Precious Barrette 或 Precious Pin 都較 Precious Clasp 恰當。「黛」在辭海中的解釋為青黑色，並非黑色。譯為 Black Jade 令人產生 Black Magic 的聯想。因為英文 Black 這個字本有邪惡 (evil) 的涵義，與黛玉在書中的形象不符。又因為 Jade 的

本色就是青綠色，因此將黛玉意譯為 Jade，較 Black Jade 更符合原文作者命名的原意。「黛」在辭海中的解釋又有「代」的意思，因此亦可譯為 Substitude Jade。寶玉的名字是書中非常重要的一環，如果只是音譯為 Pao Yu，無法突顯作者營造情節的苦心。如能意譯為 Precious Jade 或 Precious Stone，則可和黛玉的 Jade 或 Substitude Jade，及寶釵的 Precious Barrette 或 Precious Pin 相互呼應，符合了原文作者的本意。將紫鵑譯為 Cuckoo 亦屬不妥，因為 Cuckoo 在英文中有瘋子的意思。Hawkes 將其譯為Nightingale，王際真將其譯為 Purple Cuckoo 也都不妥。Nightingale 不是鵑，而 Purple Cuckoo 仍然是瘋子，只是高貴些而已。因為 Purple 在英文中有高貴的意思。其實紫鵑的名字，在書中不起什麼作用，也沒有什麼特別的影射，因此音譯就可以了。如果執意意譯，則 Purple Azalea 較 Cuckoo 或 Purple Cuckoo 都適當，因為中文的杜鵑花和杜鵑鳥本就是同字，而杜鵑花確實有紫色的。原文作者當初命名時，心中想的該是花而非鳥，只是譯者會錯了意。Hawkes 將大觀園裡的滴翠亭譯為 Raindrop Pavilion，冰消了原文的詩情畫意；將黛玉的小名顰兒譯為 Frowner，則抹殺了愛憐的心意。這都是因為譯者忽略了原文作者及譯文讀者間文化習俗不同的結果。

綜合以上各點，均說明翻譯文學作品中專有名詞時，有意譯、注釋及本土化的必要。在意譯及本土化時，更需了解並化解兩國文化習俗上的差異，以免在傳達時發生誤差。

第十二章
普通名詞與術語

翻譯的領域裡，名詞分兩大類：專有名詞與普通名詞。專有名詞指人名、地名、國家名、法人名。除了這四大類的專有名詞，剩下的都是普通名詞。因此普通名詞包羅萬象。天地萬物，除了專有名詞以外的事物，不管有形，無形，具體或抽象，都屬於它的範疇。普通名詞又可分為兩大類：一般領域的普通名詞與專門領域的普通名詞。專門領域的普通名詞又稱術語 (technical names)。例如 nut 在一般領域裡譯為「堅果」。但在機械的領域，則譯為螺絲帽。「螺絲帽」就是術語。又例如 address 在一般領域裡譯為演說、地址，但在高爾夫球領域裡，則為瞄球、擊球準備動作。Basket 是籃、筐，但在紡織的領域裡 basket check 的譯名是「席紋方格花紋」。不管是一般的普通名詞，還是術語，翻譯時的基本原則都是一樣的，那就是意譯。如果將 nut 音譯為「納特」，將 basket check 音譯為「白式刻特切克」，不但不能幫助讀者了解原文作者要表達的東西，反而更造成讀者的困擾。

將普通名詞與術語由原文轉換成譯文時，如能找出甲乙兩地對同樣東西的代號，則可用代換法。例如在中國稱天上那個發散光與熱的星體為太陽，而在英文中則稱它為 sun。因此在翻譯時可以很簡單地將太陽代換成 sun。但因地理、歷史、文化、社會組織的不同，甲地有的東西，乙地不一定有。反之亦然。例如雪，譯成英文為 snow，但譯成非洲文就有困難，因為非洲少有雪。有時甲乙兩地對同樣形狀的東西卻有不同的詮釋。例如貓頭鷹譯成英文是 owl。但貓頭鷹在中國代表不吉祥，故稱梟鳥，但在英語系統中，牠卻代表智慧、聰明、老成。又有時，具有同樣功能與涵義的東西，卻具有不同的形狀。例如龍在中國是一種代表吉祥的想像動物，而 unicorn 在英語系的文化中也是一種代表吉祥的想像動物，但牠們的形狀相差太遠了。加上近代科技發展迅速，社會變遷劇烈，新的名詞不斷出現，又有許多舊的名詞被賦予新義，如何翻譯為數龐大、不能代換，且快速形成的普通名詞與各類術語，已成為翻譯工作人員的一大挑戰。

一、對等名詞代換

如有對等的名詞則可用代換法。

air	空氣
friend	朋友
store	商店
river	河流
war	戰爭
peace	和平
flower	花
moon	月亮
water	水

二、意譯

㈠ 如無法找到對等名詞，應充分瞭解字義後意譯，避免音譯。意譯的文字，盡可能簡短明確，必要時可以簡稱，例如「志願工作者」簡化為「志工」，如此類推

myth	迷信（√）神話（√）謬論（√）迷思（×）
chauvinism	自大狂（√）沙文主義（×）
Gestapo	德國祕密警察（√）蓋世太保（×）
italics	斜體字（√）義大利式字體（×）
modem	數據傳輸機（√）模代（×）

mall	室內廣場（√）封閉廣場（√）封閉型購物廣場（×）模（×）
sonnet	十四行詩（√）頌籟（×）商籟（×）
fans	迷（√）粉絲（×）
shopping	逛街（√）血拼（×）
informer	密告者（√）抓耙子（×）
salon	(藝術性質）店，廳（√）沙龍（×）
talk show	談話節目（√）脫口秀（×）
match	好友（√）麻吉（×）

㈡ 意譯各類名詞時應充分瞭解字義後翻譯，以免造成混淆與誤導

steward	空服員（√）空中少爺（×）
stewardess	女空服員（√）空中小姐（×） steward 和 stewardess 本意是在船、車等交通工具上的服務人員，並接待賓客們用餐。如譯為小姐、少爺就本末倒置了。為避免性別歧視，現在英文中不分男女均改稱為 flying attendant，譯成中文則為空服員。
post doctor	博士後研究員（√）超博士（×） post doctor 是獲得博士學位後從事高深的專業性或學術性研究工作。這並不是一個學位名稱，而是一個工作名稱。
Ph. D.	(理論）博士（√）哲學博士（×） Ph. D. 是 Doctor of Philosophy 的縮寫。但在此 Philosophy 的涵義並非哲學而是理論(theory)。因此 Ph. D. in Philosophy 是哲學（理論）博士，而非哲學博士。Ph. D. in Political Science 是政治（理論）博士，而非政治哲學

博士。Ph. D. in Education 是教育（理論）博士而非教育哲學博士。雖然哲學與理論有時亦相通，但卻容易造成混淆與誤導，令人誤以為一人同時獲得兩個博士學位，故應避免。

(三) 在意譯名詞前加西、洋、番、胡等類似形容詞，與中國相似物作一區別

tomato	番茄、西紅柿
yam	番薯
potato	洋芋、馬鈴薯
pepper	胡椒
onion	洋蔥
spaghetti	義式肉醬麵
doll	洋娃娃
American ginseng	西洋參

三、音譯

翻譯普通名詞或術語時，無法找到對等的代換名詞或適當的意譯文字時才考慮音譯。

(一) 無法找到對等的代換名詞或適當的意譯文字時才考慮音譯

quark	夸克
engine	引擎
humor	幽默
opium	鴉片
index	引得，索引
motor	馬達
bingo	賓果

heroin	海洛英
pump	幫浦
quinine	奎寧
gene	基因

㈡ 音譯時應儘可能音意兼顧，並避免容易產生混淆的文字

cloze	克漏字
vitamin	維他命
Utopia	烏托邦
amphetamine	安非他命
mummy	木乃伊
neon light	霓虹燈
Hippie	嬉皮
cassette	卡帶
romanticism	浪漫主義
Jazz	覺士樂（√）爵士樂（×） Jazz 在英文中的原意是二十世紀初美國南部黑人所演奏的音樂，節奏分明、活潑，常用的樂器為鼓和薩克管，後漸獲一般大眾的喜愛。如譯為爵士樂，則易誤導讀者。如必須音譯可選擇不易混淆的文字，如覺士樂。
sauna	蒸氣浴（√）三溫暖（×） sauna 是一種芬蘭式的蒸氣浴，先使浴者流汗達到清潔的效果，再用冷水沖洗使身體涼爽，毛孔收縮。過程並無三種不同的溫度，音譯為三溫暖極易誤導混淆。

㈢ 如無法找到合適的意譯，可在音譯名詞上加適當的前後綴語

rifle	來福槍，步槍
jeep	吉普車
beer	啤酒
cigar	雪茄煙
card	卡片
AIDS	愛滋病
golf	高爾夫球
mug	馬克杯
bowling	保齡球
macadam (road)	馬路
poker	撲克牌
sardine	沙丁魚
brandy	白蘭地酒
mosaic	馬賽克鑲嵌藝術
kiwi	奇異果，獼猴桃
hula hoops	呼拉圈
yo-yo	溜溜球
glycerol	甘油

基於這項原則，目前通用的一些譯名可以改譯為較達意的名稱。

pie	派→派餅
pizza	比薩派→比薩餅，義式大餅
hamburg	漢堡→漢包
tart	塔→塔糕
pudding	布丁→布丁凍

㈣ 一時無法找到適當的意譯字，可先音譯而後改正，一旦尋獲適當的意譯字，應棄音就義，以免造成中文的混亂

先音譯後改正：

bus	巴士→公車
taxi	的士→計程車
Madam	馬當→夫人
Miss	蜜斯→小姐
lace	蕾絲→花邊
cement	水門汀（滬音）→水泥
telephone	德律風→電話
ultimatum	哀的美頓書→最後通牒
polish	泡力斯→光漆
insurance	燕梳（粵音）→保險
cookies	曲奇（粵音）→小餅乾
parliament	伯力門→國會
bourgeois	布爾喬亞→小資產階級
logic	邏輯學→理則學
stick	司提克→手杖
democracy	德默克拉西→民主
inspiration	因士披力純→靈感
apartment	柏文（粵音）→公寓
captain	甲必丹→船長
tobacco	淡巴菇→煙草

基於這項原則，目前通用的一些音譯應棄音就義。

party	聚會（√）派對（×）
partner	合夥人（√）拍檔（粵音）（×）

cast	演員陣容（√）卡司（×）
pose	姿勢，姿態（√）波司（×）
show	表演，演出（√）秀（×）
copy	複印，複本（√）拷貝（×）
muse	詩神，詩興，靈感（√）繆斯（×）
salad	生菜，冷盤（√）沙拉（×）
cheese	乾乳酪（√）起司（×）乞司（×）
myth	神話（√）迷信（√）謬論（√）迷思（×）
Antitrust	反壟斷（√）反托拉斯（×）
Blog	網路日誌（√）部落格（×）

㈤ 造字

科學中有關元素的譯名，如屬氣體，可用氣的字根，如屬金屬，可用金的字根，如屬礦石類，可用石的字根，然後音譯。

neon	氖
fluorine	氟
helium	氦
natrium	鈉
titanium	鈦
utanium	鈾
silicon	矽
ammoniae	氨
tungsten (wolfram)	鎢
beryllium	鈹
propane	丙烷

四、名詞前有形容詞時應避免不當的直譯

blue chip	熱門股（√）藍籌股（×）
blue film	色情電影（√）藍色電影（×）
color prejudice	種族歧視（√）顏色歧視（×）
first runner-up	亞軍（√）第一候補者（×）
hot line	專線（√）熱線（×） 原指克里姆林宮與白宮間的專線，有緊急事務時專用，以免誤了時機鑄成大錯，熱線有繁忙熱鬧的弦外之音，故不宜。
French window	落地玻璃窗（√）法式窗（×）
Dutch door	半截式活動門（√）荷蘭門（×）
red tape	官僚作風，繁文縟節（√）紅帶（×）
whitepaper	（政府對某項重大事件的）政策宣言或報告（√）白皮書（×）
white terror	當權者整肅異己（√）白色恐怖（×）
e-mail (electronic mail)	（電腦）電傳資訊（√）電子郵件（×）依媚爾（×）
tax return	所得稅申報單（√）退稅（×）

五、翻譯新術語時，應以讀者為優先考量。如譯文讀者為一般大眾時，應意譯後加注原文，若無法意譯必須音譯時更須加注原文。如譯文讀者為專業人士時，則可考慮保留原文，必要時加注中文翻譯

一般大眾	專業人士
印刷：色劑 (toner)	toner（色劑）
電腦：配接器 (adapter)	adapter（配接器）
法律：損害賠償 (damages)	damages（損害賠償）
股票：惡意購股 (greenmail)	greenmail（惡意購股）
商業：比較優勢 (comparative advantage)	comparative advantage（比較優勢）

六、首字語 (acronym)

首字語是由一串英文字中每一個字的首字形成新字。例如 National Aeronautics and Space Administration 的首字語是 NASA。譯成中文是「美國太空總署」。因為首字語用起來簡便，符合時代脈動，因此已經成為趨勢。常用的首字語甚至形成了新字，例如 laser（雷射），本是 light amplification by stimulated emission of radiation 的首字語，現在已是獨立的字彙。但因為中文不是拼音的語文，若依照首字語音譯，不但不符合翻譯普通名詞的原則，讀者也無法探尋字串的涵意。例如 DINK 為 Double Income No Kids 的首字語，音譯為「頂客族」，若不經過解釋，一般讀者根本無法瞭解。因此翻譯首字語時，除了已經成為商標的首字語外，都應按照原字串的含意翻譯，而不是按照首字語音譯。若意譯的文字太長，可縮短。若為新譯的名詞，可在後面加註原文首字語。若為專業人士，則可考慮保留原首字語，必要時加注中文翻譯。

㈠ 按原字串的含意翻譯，而非按首字語音譯

1. DINK (Double Income No Kids)
   雙薪無子族 (DINK)（√）
   頂客族（×）
   專業人士：DINK（雙薪無子族）（√）

2. GIS (Geographic Information System)
   地理資訊系統 (GIS)（√）
   地訊系統 (GIS)（√）
   集史系統（×）
   專業人士：GIS（地訊系統）

3. PIC (Private Industry Council)
私立工業委員會 (PIC)（√）
工委會 (PIC)（√）
霹客委員會（×）
專業人士：PIC（工委會）

4. PDF (Portable Document Format)
可攜式文件格式檔案 (PDF)（√）
可攜文檔 (PDF)（√）
專業人士：PDF（可攜文檔）

㈡ 已成為商標的首字語，可視讀者群考慮保留原首字語或依營利法人及品牌名稱翻譯原則處理

1. CNN (Cable News Network)
CNN（√）
有線電視新聞網（√）

2. GE (General Electric)
GE（√）
通用電氣公司（√）
奇異（√）

七、職銜及親屬名稱應參照甲、乙兩語文的風俗習慣及實際狀況予以適當的意譯

由於甲、乙兩語文的社會、政治、經濟和文化背景不同，因此職銜及親屬稱謂分類的詳盡度亦不同，翻譯時應參照上下文及兩種語文特有的文化背景作適當意譯。如有疑難，應查詢有關參考資料，不可唐突。

cousin

堂兄弟姊妹或表兄弟姊妹中之一位。

sister-in-law

嫂嫂、弟媳、小姑、大姑、小姨、大姨。

Queen

Queen Elizabeth is Queen Elizabeth II's mother.

伊麗莎白太后是伊麗莎白女王的母親。

Catherine was Henry VIII's first Queen.

凱莎琳是亨利八世第一任王后。

Prince

Prince Charles is Prince Philip's son.

查理王子是菲力浦親王的兒子。

Princess

Prince Rainier and Princess Grace of Monaco have three children, Princesses Caroline and Stephanie and Prince Albert.

摩納哥的雷尼爾三世和葛麗絲王妃有三個孩子。他們分別是卡洛琳公主，絲黛芬妮公主，和艾爾伯王子。

Secretary

Secretary General　（俄國以外一般共產國家）總書記

General Secretary　（俄國）總書記

Secretary General　（聯合國）祕書長

Secretary of State　（美國）國務卿

Secretary of Defence　（美國）國防部長

President

President of the United States　美國總統

President of the Democratic People's Republic of Korea 北韓人民共和國國家主席

President of General Assembly of the United Nations 聯合國大會主席

President of the Repubic of Korea 大韓民國大統領

Lord President of the Council 樞密院議長（英）

President of the Board of Trade 商務大臣（英）

注意："President" 在民間機構可分別視情況譯為校長，總裁，董事長，總經理，會長，社長等不同職銜。

Attorney

Attorney at law 律師（美）

District attorney 地方檢察官（美）

Deputy district attorney 副地方檢察官（美）

Attorney general 檢察總長，司法部長（美）

Speaker, Spokesman

Speaker of the House 眾議院議長（美）

Spokesman 發言人

八、中文的普通名詞譯成外文時原則相同，應以相等名詞代換為第一選擇，如無則應以意譯為主，音譯次之

㈠ 代換

小白臉 a gigolo
弓 a bow
父母 parents
珍珠 pearl
黃昏 dusk

㈡ 意譯

小腳	bound feet
布袋戲	hand puppets
旗袍	Chinese gown
蔥油餅	green-onion pancake
京劇	Peking opera
廂房	an annex (to the house)
三輪車	a pedicab

㈢ 如音譯則須加注

小篆	hsiao chuan or xiaozhuan: A style of character much in fashion during the Ching Dynasty shortly before 200 BC. 或可稱為 Chinese character xiaozhuan。
麻將	machiang: A parlour game played by four persons. 或可稱為 majiang game。
八卦	ba-kua or bagua: The eight diagrams specified in the *Book of Changes*. They represent eight natural elements, namely sky, earth, thunder, wind, water fire, mountain and moisture. Chinese believe that their various combinations are the causes of all the phenomena in the nature as well as in human society. 或可稱為 bagua diagram。

㈣ 如屬回譯，要恢復其原來面貌，尤其是職銜，要特別謹慎

A. 回譯時要恢復其原來面貌

馬克杯	mug（√）mark cup（×）
汽車共乘制	carpool（√）co-operate car（×）

大哥大	cellular phone（√）big brother（×）
米老鼠	Mickey Mouse（√）Rice Mouse（×）
免稅商店	duty-free store（√）tax free store（×）
冷氣機	air conditioner（√）cold air machines（×）
自由女神像	Statue of Liberty（√）Goddess of Freedom（×）
花式溜冰	figure skating（√）ballet on ice（×）

B. 職銜回譯時要謹慎

各國民情與政府組織不同，將甲語文譯成乙語文時，常將稱謂或職銜斟酌本國民情意譯，因此在回譯時要謹慎，務必要恢復其原本面貌。

總理或首相：

總理（加）	Prime Minister
首相（英）	Prime Minister
總理（德）	Chancellor
總理（丹麥、捷克）	Premier

財政部長或財相：

財政部長（法）	Minister of Economy and Finance
財政部長（德、丹麥）	Minister of Finance
財政部長（捷克）	Finance Minister
財政部長（美）	Secretary of the Treasury
財相（英）	Chancellor of the Exchequer

副首長：

副總統（美）	Vice President
副州長（美）	Lieutenant Governor
副總理（加）	Deputy Prime Minister
副總理（德）	Vice Chancellor
副國務卿（教廷）	Substitute Secretary for General Affairs

校長：

校長（美）	president
校長（英）	chancellor
校長（蘇格蘭、南非、歐陸某些國家）	rector

以上只是一般性，並非必然，每個學校有其自己的選擇，例如：

President of Arkansas State University（美）

Chancellor of University of Arkansas（美）

Chancellor of University of Southampton（英）

President of University of Wales College of Cardiff（英）

Rector of Liverpool Polytechnic（英）

Director of Hatfield Polytechnic（英）

軍階：

海軍上校（美）	Captain
空軍與陸軍上尉（美）	Captain
海軍上尉（美）	Lieutenant
空軍與陸軍中尉（美）	Lieutenant
海軍中尉（美）	Lieutenant Junior

第十三章
代名詞

第一節　人稱代名詞

翻譯人稱代名詞時要注意兩國語言、文化、及習俗的不同。

一、注意文化及習俗上的不同

㈠ 順序

中文習慣將第一人稱放在第一位，英文則放在最後。

1. You and I
   我和你
2. You and he
   他和你
3. You, he, and I are good friends.
   你，我，他都是好朋友。
4. He and I watched fireworks from across the bay.
   我和他共看隔岸的煙火。
5. I know he bought his mother and me a present.

我知道他替我和他母親買了一樣禮物。

㈡ 英文人稱代名詞性別的改變

二十世紀中葉以後，受女權運動影響，單數、第三人稱有中性化的趨勢。一般常用的模式為 he/she—his/her，偶爾亦有以 they—themself，one—they，she—her 泛指兩性者。翻譯時應慎視上下文，以免將 they 誤為多數，she 誤為陰性。漢譯時可視需要改為「他們」或「他」，或其他適當的代名詞，因為「他」在我國本無陰陽性之分。

1. When one has flu, they feels tired.

   ——David Rosewarne. "One Watches their Sex-Neutral Language"; *English Today*, July 1994.

   患了感冒，會感覺累。

2. When one has flu, their nose runs. ——Ibid.

   患了感冒，會流鼻涕。

3. A newcomer to Canada manages to retain something of the culture and customs of his or her ethnic background.

   ——Pierre Berton. *My Country*

   新抵加拿大的人士，努力保留一些他們種族特有的風俗習慣。

4. When an author uses an informal style, he or she often "opens up" to the reader, giving information about his or her personal life or feelings. ——Brenda Wegmannm. *How to Read Faster*

   作者選用通俗文體時，常公開自己的私人生活或感受給讀者。

5. In the not-too-distant future, a single phone number will be enough to reach a person, no matter where in the world he or she is.

   ——Judith B. Gardner. *Computers for the Masses*

   不久的未來，一個電話號碼就可以聯絡到一個人，無論他在地球上那個角落。

6. Air blowing through the shower stall could made water flow over the

astronaut as if she was on Earth.

——Sharon Begley. "Next Stop, Mars"; *Newsweek*, July 25, 1994.

空氣吹過淋浴亭，水就會灑在太空人身上，令他有置身地球的感覺。

7. Chapter 10

Tobacco Tax Act

1. In this Act, "consumer" means any person who,

(a) in Ontario, purchases or receives delivery of tobacco, or

(b) in the case of a person ordinarily resident in Ontario or carrying on business in Ontario, brings into Ontario tobacco acquired outside Ontario, for their own use or consumption or for the use or consumption by others at their expense, or on behalf of, or as the agent for, a principal who desires to acquire the tobacco for use or consumption by themself or other persons at their expense ("consommateur").

——Donald L. Revell (and others). "'Themself' and Nonsexist Style in Canadian Legislative Drafting"; *English Today*, January 1994.

第十章

煙草稅法

1. 在此法令中「消費者」指任何一個

(a) 在安大略省購買，或獲得煙草者。

(b) 經常居住於安大略省，或在安大略省經營事業者，將在他處獲得之煙草攜入安大略省供其私人使用，或免費供他人使用；或代理他人取得煙草，以供所代理者本人使用，或由所代理者付費供他人免費使用。

二、中英文人稱代名詞於不同社會階層的用字

(一) 國家元首

國家元首自稱時以 We 代替 I, 以 ourself 代替 myself，近世雖已式微，但在小說及漫畫中仍常被用來象徵皇室。其功用相當於權杖與皇冠。

1. We ourself will obey our own law. ——*Webster Dictionary*, 3rd. ed.
   寡人將謹守自訂之律法。
2. We are very happy we are leaving the UK in a very, very much better state than when we came here 11 years ago... (Margaret Thatcher; *The Guardian*, 29.11.90)
   ——Katie Wales. "Royalese: The Rise and Fall of 'The Queen's English'"; *English Today*, July 1994.
   我非常高興，在執政十一年後，英國的情勢已大幅改善。
3. We are a grandmother. (Margaret Thatcher) ——Ibid.
   我是一個祖母。

(二) 皇室貴族

皇室貴族自稱時常以 one 代替 I，oneself 代替 myself。

1. It seems odd to be welcomed into one's own house. (The Queen; in St. George, 1981: 27) ——Ibid.
   被歡迎到自己的家裡，似乎有些古怪。
2. One says to oneself: "Oh God, there's one's daughter." (Duchess of York's father; *The Star*, July 1986.) ——Ibid.
   我對自己說:「老天這是我的女兒。」
3. One's bank manager feels one is unstable and unreliable. (Roddy Llewellyn, erstwhile close friend of Princess Margaret; *Woman's Own*, September 1981.) ——Ibid.
   我的銀行經理覺得我不穩、不可靠。
4. One hesitates to use such a trite word as delighted, but of course

one is delighted. (Hardy Amies, the Queen's dresser, on receiving his knighthood; *The Guardian*, 19.6.89) ——Ibid.

我不太願意用像「高興」這種平凡的字。但是，當然，我確實是高興。

㈢ 中文人稱代名詞的變化

中文的人稱代名詞在各種文體中變化豐富，尤其在古文中更是變化多端，翻譯時可作適當的選擇。

英譯中

1. Let me, therefore, most earnestly recommend to you to hoard up, while you can, a great stock of knowledge; for though during the dissipation of your youth, you may not have occasion to spend much of it; yet you may depend upon it, that a time will come when you will want it to maintain you. ——Lord Chesterfield's Letters to his Son

   故余勸兒潛心積學；少時雖未必有用處，然終有一日欲恃此以生也。

   ——孟憲承譯

2. Tread lightly, she is near
   Under the snow,
   Speak gently, she can hear
   The daisies grow. ——Oscar Wilde (1854–1900). *Requiescat*

   放輕腳步，
   伊人就在不遠處，
   白雪是她的被。
   請輕聲細語，
   伊人
   能察覺雛菊成長聲息。

3. In the doorway leading to the reception room a head appears and an anxious voice is heard: "Will Your Majesty have the kindness to come over here for a moment?"

——Alfred Niemann. *How the Kaiser Abdicated*

會客室的門口，伸出一個頭來，只聽得焦急的一聲，道是：「伏懇陛下御駕暫臨。」

——張其春譯

中譯英

1. 老僧法本，在這普救寺內主持做長老。 ——《西廂記》

I am the old monk Fa Pen. I am the abbot of this Pu Ch'u Temple.

——Tr. by Henry H. Hart

2. 道士道：「一車數百顆。老衲只丐其一。於居士亦無大損，何怒為?」

——《聊齋誌異・種梨》

The Priest said, "You have several hundred pears on your barrow; I ask for a single one, the loss of which, Sir, you would not feel!"

——Tr. by Herbert A. Giles

3. 吾業是有年矣。吾業賴是以食吾軀。吾售之，人取之，未聞有言。而獨不足於子乎。 ——劉基《賣柑者言》

I have carried on this trade now for many years. It is my source of livelihood. I sell, the world buys. And I have yet to learn that you are the only honest man about, and that I am the only cheat.

——Tr. by Herbert A. Giles

4. 十七為君婦，心中常苦悲。君既為府吏，守節情不移。賤妾留空房，相見常日稀。 ——無名氏《孔雀東南飛》

At seventeen I was made your wife;

From care and sorrow my heart was never free,

For you already were a clerk in the great town,

Diligent in your duties and caring for nothing else.

I was left alone in an empty bridal-room. ——Tr. by Arthur Waley

5. 天子呼來不上船，自稱臣是酒中仙。 ——杜甫《飲中八仙歌》

And though his sovereign calls

Will not board the imperial barge.

"Please your Majesty," says he,

"I am a god of wine." ——小畑薰良譯

6. 自歌自無自開懷；且喜無拘無礙。 ——朱敦儒《西江日》

All alone, I sing, I dance, and I feel happy,

Happy in the enjoyment of my untrammeled freedom.

——Tr. by Teresa Li

㈣ 詩句及宗教性文章中代名詞的變化

在詩句及宗教性的文章中，英文的單數第二人稱常以 thou, thee 和 thy 來表示。翻譯時可採相仿的文體。

1. 勸君莫惜金縷衣，勸君惜取少年時。 ——杜秋娘《金縷衣》

I would not have thee gurdge those robes

which gleam in rich array,

But I would have thee grudge the hours

of youth which glide away. ——Tr. by Herbert A. Giles

If you will take advice, my friend,

For wealth you will not care.

But while fresh youth is in you,

Each precious moment spare. ——Tr. by W. J. B. Fletcher

2. Keep thyself first in peace, and then shalt thou be able to pacify others. A peaceable man doth more good than he that is well learned.

——Thomas Kempis. *Of the Imitation of Christ*, II, 3 (1418)

首以祥和之氣修己，而後能化他人為祥和。祥和者較學富五車者更能造福世人。

先保持自身心平氣和後，才能令他人心平氣和。一個心平氣和的人，比有學問的人，更能造福世人。

3. Forsake not an old friend; for the new is not comparable to him: a new friend is as new wine; when it is old, thou shalt drink it with pleasure.

——*Ecclesiasticus*, IX, 10

老友如陳酒，越陳越香。

不要遺棄老朋友，新友不如舊友。新友如新酒，要年分久後才顯芬芳。

㈤ 科技文章中的代名詞

翻譯科技性文章時要避免任何無關的人稱代名詞，因科技性文章均屬客觀性，而非主觀性；屬理性而非感性。

1. The influence of the various philosophical schools of thought on physical education throughout history will be discussed in Chapters 1 and 2.

   第一、二章將討論各哲學流派在歷史上對體能教育的影響。（√）

   （我們）將在第一、二章討論各哲學流派在歷史上對體能教育的影響。（×）

2. Explain to your students that prewriting is the planning stage of the writing process.

   向（你的）學生說明，事先構思是寫作過程的籌劃階段。

3. As you read, try to pick out the three main ideas of the selection and notice what examples are given to support these ideas.

   （在你）閱讀時試找出此選文中三個重點，並注意可支持這些重點的例子。

三、英文代名詞文法上變化較中文豐富，翻譯時需要調整

㈠ 第二人稱 **you** 在英文中的單數、複數、主格、受格均無變化，在譯成中文時，要特別注意上下文

1. Not that I love Caesar less, but that I love Rome more. Had you rather Caesar were living and die all slaves, than that Caesar were dead, to live all freemen? ——William Shakespeare. *Julius Caesar*
   我不是不愛凱撒，而是更愛羅馬。你們寧願凱撒活，而自己像奴隸一般地死，還是寧願凱撒死，而自己自由地活?
   (You 在此必須譯成複數，因為 slaves 和 freemen 均為複數。)
2. "Come out from behind whatever you 're behind!" roared the elephant.
   "I'm not behind anything," said a tiny voice.
   ——James Thurber. *The Elephant Who Challenged the World*
   「出來！不管你躲在那裡，出來！」大象吼叫著。
   「我沒有躲在任何地方。」一個細小的聲音回答。

㈡ 在中文裡第三人稱並無主受格的區別，在口語中也無陰陽的差異，因此在翻譯時，為求語意清楚，有時必需將所代表的名詞重複

1. If the Gorgons looked at a person, he was turned to stone.
   如果蛇髮妖女望著一個人，這個人就會變成石頭。(√)
   (比較)
   如果蛇髮妖女望著一個人，他就會變成石頭。(×)
   「他」可能指「蛇髮妖女」，也可能指「一個人」。
2. Victor admires Lucy's thoughtfulness; she his diligence.
   維克特讚賞露西的體貼，露西讚賞維克特的勤勞。(√)
   (比較)
   維克特讚賞露西的體貼，她讚賞他的勤勞。(×)
   只用代名詞「他」及「她」直譯，口語表達時無法分辨。

3. The woman going into Tiffany's to buy another diamond pin can pass within ten feet of a man without money enough for lunch. They are oblivious to each other. He feels no envy; she no remorse.

——Andy Rooney. *In Praise of New York City*

到蒂芬妮再買一個鑽石別針的女人，有可能經過一個窮得沒錢吃午餐的男士。他們相距不到十呎，卻互不注意。男士不嫉妒，女士不愧疚。

四、可將代名詞改為普通名詞，含代名詞的片語改為合乎中文習俗的片語

㈠ 將代名詞更改為普通名詞或「自己」

1. Make your friends your teachers.
使朋友成為自己的老師。
2. Wisdom comes easy when you're young.

——Fred Bauer. *The Most Worthless Class I ever Took*

人年輕時，智慧輕而易得。
3. The novelist...who professes to give us an exact image of life ought carefully to avoid every concatenation of events that seems exceptional. ——Guy de Maupassant
宣稱要提供讀者生活實象的小說家們，應該小心避免串聯非常態事件。

㈡ 片語 **they say** 可譯為「常言道」,「人們說」,「大家都說」

1. After all, they say, telephone answering machine facilitates business transactions, enhances efficiency, cuts costs and saves time.
人們說，電話答錄機畢竟有助商業成交，增加效率，減低成本，節省時間。

2. They say that the worst thief in the world is an honest man 99 percent of the time.
常言道，百分之九十九誠實的人，是世上最可怕的賊。
3. A woman, they say, always remembers her wedding night.
大家都說，女人永遠記得自己的新婚之夜。

(三) He who... 句型常可改為普通名詞或將主詞省略

1. He who condemns not will not be condemned.
不譴責他人者，亦將不被人譴。
2. He who lacks love and security will find it difficult to pursue justice.
缺乏愛和安全感的人覺得正義不易。
3. He who has conferred a kindness should be silent, he who has received one should speak of it. ——Seneca, 4BC–65AD.
施恩於人後應保持緘默，受施於人後應大聲宣揚。
4. He who can suppress a moment's anger may prevent a day of sorrow. ——Tryon Edwards
忍一時之氣，保百年身。

五、刪除不必要的代名詞

1. We must teach our children to dream with their eyes open.
——Harry Edwardes
我們必需教導孩子，在做夢時睜著眼睛。
2. When you take stuff from one writer, it is plagiarism; but when you take it from many writers, it is research.
——Wilson Mizner, 1876–1933.
摘錄一個作家的作品是抄襲，但摘錄許多作家的作品則是研究。
3. You can tell the character of every man when you see how he

receives praise. ——Seneca, 4 BC–65 AD.

每個人的性格在受到讚美時表露無遺。

4. We shall have an eclipse of the sun in September.

九月將會有日蝕。

六、代名詞加字尾綴語 self

代名詞加字尾綴語 self 形成反身代名詞。其功能若只為文法需要，則譯成中文時可刪除。若其功能為受詞或加強語氣則可譯為自、自己、親自、本人等代名詞。

(一) 功能為受詞或加強語氣則可譯為自、自己、親自、本人等代名詞

1. 毀謗能熔化美德本身。（加強語氣）

Calumny will sear virtue itself.

——Shakespeare. *Winter's Tale*, II, i, 73

2. You give but little when you give of your possessions. It is when you give of yourself that you truly give.（受詞）

——Kahlil Gibran. *The Prophet*

將財物施於人不算給，將自己施於人才是真正的給。

3. Man serves the interests of no creature except himself.（受詞）

——George Orwell. *Animal Farm*

世界萬物，人只為己。

4. Parents try to fulfill, to immortalize, themselves through their property, through their children, and, when the child does something of which they disapprove, they get violently angry.（受詞）

——Krishnamurti. *Think on These Things*

父母們希望藉財物和子女來顯示自己不虛此生及永生不朽，因此當子女們不符所望時，就非常憤怒。

㈡ 其功能若只為文法需要，則可刪除

1. Many times a day I realize...how earnestly I must exert myself in order to give in return as much as I have received.

   ——Albert Einstein. *What I Believe*

   一日數回，我了解……必需竭盡全力，以回報所受之福澤。

2. Daily he stationed himself in front of the cage to jeer at the bird and abuse it. ——Sylvia Townsend Warner. *The Phoenix*

   每天他都駐留籠前，嘲笑並辱罵這頭鳥。

3. It was a civil and obliging bird, and adapted itself readily to its new surroundings. ——Ibid.

   這是隻有禮貌又願意配合的鳥，很快就適應了環境。

4. He had for six years devoted himself almost entirely to his studies.

   六年來他幾乎全心專注於學業。

第二節　非人稱代名詞 it

It 在英文中功能廣泛，可粗略地分為四種：1. 無性別物體的代名詞 (A neuter singular third person pronoun for inanimate or non-human entity)。2. 用來表示季節、天氣、時間、距離等的虛代名詞 (An empty or dummy pronoun)。 3. 在句子中擔任導引主詞與導引受詞 (Used as preparatory subjects or objects)。 4. 加強語氣的句型 (Used in cleft sentence patterns to emphasize)。為求語義清晰及通順，常用增字或刪字法。在長句中要分辨清楚其所指的名詞，常需用斷句與重複的方式，達到通暢及語義清楚。

一、無性別物體的中性代名詞 (a neuter singular third person pronoun for inanimate or non-human entity)；複數為 they, them 可譯為它、它們。

A. 無性別物體的中性代名詞：複數為 they, them 可譯為它、它們

1. Everything that we do is a step in one direction or another. Even the failure to do something is in itself a deed. It sets us forward or backward. ——Hemry Van Dyke. *We Are on a Journey*
   我們做的每件事都是朝某個方向邁進的一步。甚至不做事的本身也是一種行動。它使我們前進或後退了一些。
2. However mean your life is, meet it and live it, do not shun it and call it hard names. ——Henry David Thorean. *Conclusion of Walden*
   不管你的生命多麼艱辛，迎向它，度過它，而不要躲它，或以難聽的字罵它。
3. A smile doesn't cost anything and pays big dividends. Not only does it make you feel good, but it makes everyone else feel better too.
   ——James R. Fisher, Jr.
   微笑不需花費，卻有豐厚的紅利可分。它不但令自己舒服，也令他人感覺良好。

B. 運用「刪」與「連句」的方法達到語意清晰，文句流暢的目的

為求語意清晰及通順，翻譯 it 時，常用增字與刪字法。長句中要分辨清楚其所指的名詞，常需用斷句或重複的方式，達到文句通暢且語意清楚的目的。

1. A child often cries itself to sleep.
   小孩時常哭著哭著就睡著了。(刪)
2. Pride is tasteless, colorless and sizeless. Yet it is the hardest thing to swallow. ——August B. Black
   驕傲無味，無色，無體積，卻最難吞嚥。(連句)
3. Rank does not confer privilege or give power. It imposes responsibility. ——Peter Drucker. *Fortune*
   職位給予的不是特權或權力而是責任。(連句)
4. A dog growls when it is angry.
   狗發怒時吼叫。

C. 運用「重複」的方法達到語意清晰，文句流暢的目的

重複所代表的名詞。

1. Beware of false knowledge; it is more dangerous than ignorance.
   ——George Bernard Shaw
   小心錯誤的知識。錯誤的知識比無知更危險。
2. He wears a mask, and his face grows to fit it.
   ——George Orwell. *Shooting an Elephant*
   他戴了一張面具，而他的臉越來越像這張面具。
3. Some people spend the day in complaining of a headache, and the night in drinking the wine that gives it. ——Goethe
   有些人將白天用來抱怨頭痛，卻將晚上用來喝引起頭痛的酒。
4. The best way to become acquainted with a subject it to write a book about it. ——Benjamin Disralli, 1806–1881
   熟悉一個問題最好的方法，就是寫一本有關這問題的書。
5. Once declared, resolutions lie open to criticism. If they turn out badly, you will be twice unfortunate. ——Baltasar Gracian

決定一旦被公開就等於接受批判。這些決定如果執行效果不佳，你將加倍不幸。

6. Hamlet is a name: his speeches and sayings but the idle coinage of the poet's brain. What then, are they not real?

——William Hazlitt. *The Characters of Shakespeare*

哈姆雷特只是個名字。他的言辭只是詩人腦中虛構的產物。那麼這些言辭就不真實了嗎?

D. 仔細分辨文中「it」及其複數「they」代表的名詞，以免誤譯

在長句中要分辨清楚其所指的名詞，必要時需斷句或意譯

1. We are shallow judges of the happiness or misery of others, if we estimate it by any marks that distinguish them from ourselves.

——Ernest Hemingway

it 在此指 happiness or misery; them 指 others

如果評判他人的哀樂與評判自己的哀樂標準不同，我們就無法真正瞭解他人的哀樂。

2. Trouble, like physical pain, makes us actively aware that we are living, and when there is little in the life we lead to hold and draw and stir us, we seek and cherish it, preferring embarrassment or pain to indifference.

——Saul Bellow. *Dangling Man*

it 在此指 trouble.

煩惱如同肉身的痛苦，它使我們清楚明白自己具有生命。當生命中沒有東西可以支援，激發，鼓動我們時，我們就會尋求並喜愛煩惱。畢竟困境或痛苦要比什麼都不在乎好。

3. The vacant stare and the look of terror that had followed it went from her eyes. They stayed keen and bright.

——Kate Chopin. *The Story of an Hour*

it 在此指 The vacant stare; They 指 eyes。

空洞及隨後而至的恐懼都從她的眼中消失。她的眼睛現在敏銳又光亮。

4. Letters are an invaluable tool for keeping track of the past, fascinating to all of us because they often shed light on the innermost feelings of the world's movers and shakers.

they 在此指信件。

信件是追溯過去重要的工具，它們令人們陶醉。因為信件常洩露那些推動世界和震憾世界的人們內心深處的感情。

5. It is often said that second thoughts are best. So they① are in matters of judgment, but not in matters of conscience. In matters of duty, first thoughts are commonly best. They② have more in them③ of the voice of God. ——Cardinal Newman

① they 在此指 second thoughts。

② they 在此指 first thoughts。

③ them 在此指 first thoughts。

常言道，熟思較好，但熟思屬於判斷而不屬於良知。牽涉到責任的事，首先想到的通常較好，因為最先進入我們腦海的思想裡有上帝的聲音。

6. We know that the federal government can't protect our borders. It is not good at preventing tons of dope from flowing into this country to scramble the brains of hundreds of thousands of junkies. It is of little or no help in protecting the victims of the crimes. It is absolutely awful at handling money.

It 在此指 federal government。

我們知道聯邦政府無法保護邊境。它不擅長防止數以噸計的麻醉藥品流入國內危害數以萬計吸毒者的腦。它無法保護受害者。它對處理金錢無能到極點。

二、用來表示季節、天氣、時間、距離、指認等的虛代名詞 (An empty or dummy pronoun)

1. It was drizzling a little and the sidewalks were wet.

——Sally Benson. *The Overcoat*

天下著毛毛細雨，行人道是濕的。

2. All the way there, and it was some distance, she was young again with excitement and eagerness.

——Samuel Langhorne Clemens. *This Was My Mother*

到那裡的路不近，一路上母親因興奮與渴望而又年輕起來。

3. It is half a thousand years since Joan of Arc died in the flames at Rouen. ——Louise Redfield Peattie. *The Miracle of Saint Joan*

距離聖女貞德在魯安死於火刑到現在已有五百年了。

4. There was a telephone call for you this afternoon.

Who was it?

It was Jack.

下午有人打電話給你。

是誰?

是傑克。

三、在句中擔任預備主詞 (Preparatory subjects) 與預備受詞 (Preparatory objects) 的功能時，要找出其代表的主詞與受詞後再翻譯。英文中的名詞並不只限於單字。動名詞片語 (gerund phrases)，不定詞片語 (infinitive phrases)，名詞子句 (noun clauses)，都可以作為名詞使用，因此都可以擔任句中的主詞與受詞。因為片語與子句當名詞時，永遠是單數，又都比較長，所以常用 it 代出，它的功能只是一種形式，沒有實質的含義，所以翻譯時可以刪除。

A. Preparatory subjects or objects followed by noun clauses

1. It is reported that 2 million people have been inoculated.
   據報告已有二百萬人接受注射。（主詞）
2. It's very likely that most writers have no idea their letters will survive them.
   很可能多數作者不知自己的作品在死後仍將留傳。（主詞）
3. I think it very likely that those things we do most easily we shall do best. ——Thomas Arkie Clark. *If I Were a Freshman Again*
   我認為很可能做起來容易的事應該容易做得好。（受詞）
4. People in Taiwan find it interesting that people in America can rent art by the week.
   在臺灣的人覺得在美國能以論星期的方式租借藝術品真有趣。（受詞）

B. Preparatory subjects or objects followed by infinitive phrases

1. It is wise to unplug televisions, computers and other appliances when there is a summer storm outside.（主詞）
   戶外有夏季陣雨時，最好拔掉電視，電腦，及其它家電用品的電源。
2. It is easy to fool yourself. It is possible to fool the people you work for. It is more difficult to fool the people you work with. But it is almost impossible to fool the people who work under you.（主詞）
   ——Harry B. Thayer.
   自欺很容易，欺上不難，欺騙同事就比較難，欺騙下屬就幾乎不可能了。

3. American Indians have proved it possible to live in perfect harmony with nature.
   美國印地安人已經證明，人類可以和大自然和睦共存。(受詞)
4. Many chief executive officers consider it more important to sign an agreement than to carry out a project.
   許多高級主管認為簽約比執行政策重要。(受詞)
5. I considered it in the public interest to suggest that the House should be summoned to meet today.
   ——Winston Churchill. *Blood, Sweat, and Tears*
   我認為提議在今天召集院會對大眾有益。(受詞)

C. Preparatory subjects or objects followed by gerund phrases

It is worth 和 It is no use 後面通常跟 gerund phrases。

1. If a job is worth doing, it is worth doing well — so runs the adage.
   格言是這樣說的一值得做的事就值得把它做好。
2. It is no use stimulating muscle growth if your protein intake is insufficient.
   想要長肌肉，只靠鍛練但吸收的蛋白質不夠，不會成功。
3. It is no use blaming the manufacturers.
   怪罪製造商沒有用。

D. 加強語氣 (In cleft sentences to emphasize)

It + *be* + focus + clause

1. It was Paris that David went for vacation.
   大衛去度假的地方是巴黎。

Cf. It was for vacation that David went Paris.

大衛去巴黎是度假。

2. In this world it is not what we take up, but what we give up, that makes us rich. ——Henry Ward Beecher. *Life Thoughts*

   在世上使我們富足的是捨予而非掠取。

3. I perceived in this moment that when the white man turns tyrant it is his own freedom that he destroys.

   ——George Orwell. *Shooting an Elephant*

   此刻我瞭解到，當白人變成暴君時，他毀滅的是自己本身的自由。

4. It is not power that corrupts but fear. ——Aung San Suu Kyi

   腐蝕人的不是權力而是恐懼。

5. It was her grandmother who taught her how to cook.

   教她煮飯的不是別人是她的祖母。

6. It is the mosquito that causes malaria and yellow fever.

   引起瘧疾和黃熱病的是蚊子。

7. It is you that are wrong.

   錯的是你。

第三節　不定代名詞

不定代名詞並不指特定的人、事、物。代表單數的不定代名詞有：another、anybody、anyone、anything、each、either、everybody、everyone、everything、little、much、neither、nobody、no one、nothing、one、other、somebody、someone、something。代表複數的不定代名詞有：both、few、many、others、several。可代表單數與複數的有：all、any、more、most、 none、some。翻譯時可參考下列的方法。

一、審查上下文決定其所指的名詞後，用「複」的方法，重複所代表的名詞

1. Government does not trust business. Many do not trust the communications media, and no one trusts the politicians.

——Christopher Stone. *The Corporate Fix*

政府不信任商界，許多人不信任資訊媒體，沒有人信任政治人物。

2. Old million-dollar buildings are constantly being torn down and replaced by now fifty-million-dollar ones.

——Andy Rooney. *In Praise of New York City*

價值百萬的建築物不斷被拆除，用來替代的是價值五仟萬元的新建築。

3. He that accuses all mankind of corruption ought to remember that he is sure to convict only one. ——Edmund Burke

譴責所有人都惡劣的人應牢記，他自己至少也已犯了一種惡劣的罪行。

4. We are all manufacturers—some make good, others make trouble and still others make excuses.

我們都是製造商，有些製造善行，有些製造麻煩，有些製造藉口。

5. No tree in all the grove but has its charms,

Though each its hue peculiar. ——Cowper. *The Task*

樹林中的樹沒有一棵不迷人，卻各樹皆有特色。

二、不定代名詞常在警語或諺語中出現，所以常代表一般人，翻譯時可省略，或改成普通名詞，如人、人們、一個人、任何人等

1. With intelligence and rein on one's emotions, almost anyone could

master a situation and be successful.

用些聰明智慧及自我情緒控制，任何人都能掌握情勢獲得成功。

2. If one's curiosity persists, eventually some kind of an answer presents itself.

——Frank Covert Jean and others. *The Scientific Method*

一個人的好奇心持續不斷時，某一種答案遲早會自己呈現出來。

3. Good oral and written communication skills are absolutely essential if one is to be an effective manager.

要成為成功的經理，良好的語言及文字溝通技巧絕對重要。（省略）

4. In love, one always begins by deceiving oneself, and one always ends by deceiving others; that is what the world calls romance.

——Oscar Wilde

戀愛時，人們總以自欺開始，然後以欺人結束。這就是一般世俗所謂的羅曼史。

5. None but a coward dares to boast that he has never known fear!

—Marshal Foch

只有懦夫才敢誇稱不識恐懼。（省略）

6. One is easily fooled by that which one loves. ——Moliere

人極易被自己的所愛矇騙。

三、不定代名詞有許多的字義是相反的，如 anything/everything; few/many; everybody/no one，因此可以選擇合乎中文語法的反譯法翻譯

1. The dog that will follow everybody ain't worth a curse.

——Josh Billings

任何人都跟的狗不值一文。

2. A poet can survive everything but a misprint. ——Oscar Wilde

詩人什麼都不怕，只怕印錯字。

3. Nature brings solace in all troubles. ——Ann Frank

大自然對各類煩惱均有清涼解藥。

大自然對所有的煩惱均有清涼解藥。（直譯）

4. Two voices are there: one is of the sea,

One of the mountains; each a mighty voice.

——William Wordsworth. *Thought of a Briton on the Subjugation of Switzerland*

有兩個聲音。一個來自海，一個來自山。兩者都強而有力。

四、意譯

諺語、警語及習慣語中運用大量的不定代名詞，可利用意譯法代換成本國耳熟能詳且涵義相同的諺語、警語及習慣語。

1. Do unto others as you would have them do unto you.

己所不欲勿施於人。

2. One makes a living by one's given circumstances.

靠山吃山，靠水吃水。

3. No one is always able to do exactly what he would like.

天下不如意事十常八九。

4. Trust everybody, but cut the cards. ——Finley Peter Dunne

害人之心不可有，防人之心不可無。

5. Be not simply good, be good for something. ——H. D. Thoreau

不要做爛好人，要做成材的人。

6. None ever loved, but at first sight they loved. ——George Chapman

一見鍾情才是愛情。只有一見鍾情過的人才算愛過。

7. Two heads are better than one. ——Heywood. *Proverbs*

三個臭皮匠勝過一個諸葛亮。

二個頭腦比一個好。(直譯)

8. The things most people want to know about are usually none of their business. ——Bernard Shaw

大多數的人都好管閒事。

9. Nobody gets something for nothing.

沒有人能不勞而獲。

第十四章
冠詞

英文冠詞有兩個：a/an 與 the。它們在英文語法中的功能頗為多元，中文語法中雖然沒有冠詞，但翻譯時遇到冠詞不可以全部刪略，而是要仔細審查該冠詞在某一特定句中的功能，然後再作正確的處理。

一、一般冠詞若與中文語法抵觸，翻譯時可忽略

1. A gregarious person loves parties.
   愛好社交的人喜歡參加聚會。
2. Suddenly a dead silence fell over the room.
   突然，死寂籠罩房間。
3. A college education opens many doors.
   大學教育打開了許多門。
4. A guilty conscience is the mother of invention. ——Carolyn Wells
   內疚是謊言之母。
5. The mainspring of a happy life is always looking forward to the future.
   生活快樂的原動力是對未來永遠抱著期望。
6. What a pity!
   多可惜!
7. The rain ruined the newspaper.
   雨毀了報紙。
8. The first American mine opened in Virginia in 1750.

美國第一座煤礦於 1750 年在維吉尼亞州啟用。

二、形容詞加冠詞後變名詞

1. The battle is not to the strong alone; it is to the vigilant, the active, the brave. ——Patrick Henry. "Speech in the Virginia Convention"
勝利並不是屬於強者。勝利屬於有警覺心的人，積極的人，勇敢的人。
2. He is tender towards the bashful, gentle towards the distant, and merciful towards the absurd.
——Cardinal Newman. *Idea of a University*
對羞怯者，他細心照應；對冷漠者，他和藹親切；對悖理者，他寬容仁慈。
3. We must solve the problem of how to give all the children—the least gifted as well as the most gifted—the same kind of liberal education that was given in the past only to the few.
——Adler J. Mortimer. *General Education vs. Vocational Training*
我們必須找出讓所有孩童接受同樣人文教育的方法。這些孩童包括最質優的和最質鈍的。過去只有少數孩童才能接受這類人文教育。
4. The consumptive may be weak physically, but is usually very alert mentally. ——Mencheni. *The Divine Afflatus*
肺病患者的肉身可能虛弱，但腦力通常極為敏銳。
5. Children sometimes demand the impossible from their parents.
孩子有時向父母作無理的要求。

三、冠詞常使文義變更

(一) **music, the music**

Parisians love music.
巴黎人熱愛音樂。
She picked up the needlework on the table and the music on the piano.
她拾起桌上的針線活和鋼琴上的樂譜。
I had to face the music. I had to face myself.
我必須面對這個爛攤子。我必須面對我自己。

㈡ a cake, the cake

Grace baked me a wonderful chocolate cake for my birthday.
葛麗絲為我的生日烘焙了一個很棒的巧克力蛋糕。
Grace baked me the wonderful chocolate cake for my birthday.
葛麗絲為我的生日烘焙了這個極棒的巧克力蛋糕。

㈢ out of question, out of the question

Abraham Lincoln is out of question a great president as well as a great man.
林肯毫無疑問是個偉大的總統也是個偉大的人。
His success is out of the question, for he is too lazy.
他絕不可能成功，因為他太懶了。

㈣ a woman with child, a woman with a child

I gave my seat to a woman with child.
我讓位給一位懷孕的婦人。
I saw a woman with a child running across the street.
我看到一個婦人帶著一個孩子跑過街道。

㈤ little, a little

There is little reason to question his sincerity.

沒理由懷疑他的誠懇。

There is a little reason to question his sincerity.

有點理由要懷疑他的誠懇。

He is a man of little fire.

他是個冷淡的人。

Hospitality consists in a little fire, a little food, and an immense quiet.

——Emerson

殷勤招待就是一點熱情，一點食物，再加大量安靜。

(六) few, a few

There are few mistakes in his paper.

他的作業裡沒什麼錯。（讚美）

There are a few mistakes in his paper.

他的作業裡有些錯誤。（責備）

(七) words, a word

After he had words with her, they were not on speaking terms.

他跟她吵架之後，就彼此不說話了。

May I have a word with you?

我可以和你說幾句話嗎?

(八) in prison, in the prison

He is in prison. (as a prisoner)

他被關在監獄裡。（他是一個囚犯）

He is in the prison.

他在監獄裡。（他可能到監獄去探訪）

第十五章
數字

翻譯數字時，除了要注意制度與習俗不同外，還要有能力區別科學的精確與文學的約略或誇張。

一、單位制度不同

在翻譯科技等作品時，數字的精確非常重要，常常差之毫釐，失之千里，譯者必須注意兩種語言單位制度上的差異。

㈠ 英、美、德、法等國對於 billion 的定義不同

A. 美國與法國

1,000,000 = 1 million = 一百萬

1,000 million = 1 billion = 十億

1,000 billion = 1 trillion = 一兆

1,000 trillion = 1 quadrillion = 一千兆

B. 英國與德國

1,000,000 = 1 million = 一百萬

1,000 million = 1 milliard = 十億

1,000 milliard = 1 billion = 一兆

1,000,000 billion = 1 trillion = 一百萬兆

1,000,000 trillion = 1 quadrillion = 一兆兆

㈡ 注意中英文讀法的差異

現以美制為例說明如下：

5 billion = 5,000,000,000 = 50 億

3.48 billion = 3,480,000,000 = 34 億 8 千萬

17 billion = 17,000,000,000 = 170 億

5 million = 5,000,000 = 500 萬

3.48 million = 3,480,000 = 348 萬

17 million = 17,000,000 = 1,700 萬

250 million = 250,000,000 = 2 億 5 千萬

㈢ 英美兩國的小數點以「.」表示，歐陸國家及國際表示數字標準 (International Standards for Formation of Numbers) 則以「,」表示

A. 美國與英國

31.3

1.41

0.414

B. 歐陸國家及國際表示數字標準

31,3

1,41

0,414

㈣ 大於五位數時，英美兩國自小數點向前每三位以「,」區隔；歐陸國家及國際數字表示標準則以「.」區隔

A. 美國與英國

10,000

12,341

12,341.34

12,432,421

B. 歐陸國家及國際表示數字標準

10.000

12.341

12.341,34

12.432.421

㈤ 各國度量衡單位不同

中國度量衡單位與歐美各國不同，歐美各國之間又有差異，近年來各國推行公制，但在翻譯舊日作品時，如何作精確的代換需要謹慎小心。例如在我國體重習慣用公斤 (kilo, kg)，美國則用磅 (pound, lb)，英國則用 stone 與 pound。所以一個人的體重在英國是 “twelve stone eleven pounds”，在美國則是 “a hundred and seventy-nine pounds”，在臺灣則是 “eighty-one kilos”(12 st 11 lb/179 lb/81 kg, 1 stone ＝ 14 pounds)。

二、文化習俗的異同

㈠ 各國日期簡寫時習俗不同

4/1/1994 ＝ 1994 年 4 月 1 日（美式，中式）

1/4/1994 ＝ 1994 年 4 月 1 日（歐式）

㈡ 英文中稱世紀時以序數稱之，而中文則以基數稱呼

二十世紀→ the 20th century

十九世紀→ the 19th century

三世紀→ the 3rd century

㈢ 西洋習俗慣以 couple (2), dozen (12), score (20), gross (144) 作為計算單位

我國習俗除了某些商品以「打」(12) 為單位計，習慣上以十、百、千、萬為單位。西洋計年慣用 decade，星期則用 fortnight、week 等，我國則慣用一週、半個月、一季等。此外 a couple of、a dozen、dozens、scores、thousands、millions、billions 等也常用來表示多數。翻譯時要注意語意。中英互譯時要注意兩種文化不同的數字使用習慣。

1. In 20 years of medical practice, I've been asked innumerable questions by patients, but half a dozen come up almost daily.
   在二十年的行醫生涯中，病人問過我無數問題。但有六個問題，幾乎每天都有人問。
2. She canceled the appointment twice in a fortnight.
   兩個星期裡她將見面的約定取消了兩次。
3. In the past few decades, human beings have, for the first time, acquired the ability to modify habitat on a global scale.
   過去數十年中，人類首次具有改變全球生態分佈的能力。
4. There are scores of people waiting for someone just like us to come along; people who will appreciate our compassion, our encouragement, who will need our unique talents.——Leo Buscaglia
   許多人正在等候我們這樣的人出現。這些人將珍惜我們的同情和我們的鼓勵。他們將需要我們獨特的才能。
5. If you have a couple of hours to go, you can always stop in to a plane or ship reservation office and inquire about a trip you have no intention of taking. ——Art Buchwald. *The Time Killer*

如果你有一、二個小時需要打發，你可以到飛機或船公司的訂票處去詢問一下你根本不計畫去的地方要如何去。

6. Even in my two score years the world has changed.
甚至在我四十年的人生中，世界已經起了極大的變化。

三、翻譯含數目字的英文片語時應避免不當的直譯

1. She dressed herself up to the nines to meet her future mother-in-law.
她盛裝去見未來的婆婆。
2. The old lady wanted to buy a dozen eggs, but the grocer gave her a baker's dozen.
這位老婦人要買一打蛋，但是雜貨店老闆給了她十三個。
3. There's a regular shindy in the house; and everything at sixes and sevens. ——W. Thackeray. *Vanity Fair*
屋內像往常一樣吵雜，所有的東西都雜亂無章。
4. At the high school reunion party, every one talked nineteen to the dozen.
在高中校友會中，每個人都喋喋不休。
5. He was quite obviously three sheets in the wind.
很顯然，他已經酩酊大醉。

四、中國文學作品中有關數字的翻譯

數字在文學作品中有時誇張，有時精確，有時又只是一個約略之數作為烘托與陪襯，加上兩種語言文化背景不同，譯者在翻譯文學作品中的數字時，特別需要細讀全文，明瞭該作品的精神才能作最恰當的翻譯。

㈠ 精確

1. 八月蝴蝶黃，雙飛西園草。 ——李白《長干行》

The yellow butterflies of October

Flutter in pairs over the grass of the west garden.

——Tr. by Innes Herdan

將 8 月譯成 10 月，是否錯得太離譜。其實不然。李白詩中所引用的曆法是陰曆。而 Herdan 將此詩譯成英文後的讀者，習慣用陽曆。陰曆 1 月至 3 月為春季，4 月至 6 月為夏季，7 月至 9 月為秋季，10 月至 12 月為冬季。而陽曆則為 3 月至 5 月為春季，6 月至 8 月為夏季，9 月至 11 月為秋季，12 月至 2 月為冬季。如直譯為 8 月，在陽曆仍為夏天，與詩中悲秋的意境不能吻合。所以譯者將其譯為 10 月，正是他精確的地方。

2. 你順那條小路兒，向南行七八里遠近，即是他家了。

——吳承恩《西遊記》

You have only to follow that small path southwards for eight or nine leagues and you will come to his home. ——Tr. by Arthur Waley

原注：a league was 300 steps.

3. 故國三千里，深宮二十年。

一聲何滿子，雙淚落君前。 ——張祐《何滿子》

A lady of the palace these twenty years,

She has lived here a thousand miles from her home

Yet ask her for this song and,

with the first few words of it,

See how she tries to hold back her tears.

——Tr. by Witter Bynner. "She Sings an Old Song"

三千里在此並不一定是三千里，而是指路途遙遠。但一里相當於 1/3 mile。在英語中 a thousand 也並不一定是指一千，在文學中亦常用來指數目很大。Bynner 將三千里譯為 one thousand miles 可說是一箭雙鵰。

4. Now, of my threescore years and ten

Twenty will not come again.

——A. E. Housman. *Loveliest of Trees*

在我七十年的人生歲月中

二十年已成過去。

5. Fourscore and seven years ago our fathers brought forth on this continent a new nation...

——Abraham Lincoln. *The Gettysburg Address*

八十七年以前，我們的祖先，在這塊土地上建立了一個新的國家。

(二) 約略

在英文中除了以 a dozen、dozens、a score、scores、thousands、millions、billions 表示多數外，也常以名詞字尾加 s 表示多數。其他表示多數的字有 countless、many、many a、much、numerous 等各式形容詞，中文中則常以數以百計，成千上萬等形容詞表示多數。在古文中則常以三及九來表示多數。

1. 也余心之所善兮

雖九死其猶未悔 ——屈原《離騷》

For what my heart is on

I am willing to die many a time without any regrets.

2. 於是公輸般設攻宋之械，墨子設守宋之備，九攻而墨子九卻之，弗能入。

——《淮南子・修務篇》

Therefore, Guen-shu-ban tried to attack Sung with offensive weapons, while Mocius guarded the country with only defensive devices. Dozens of times Guen-shu-ban tried, but none was successful.

3. 一日不見，如三秋兮。 ——《詩經・王風・采葛》

When you are not around, a day is as long as a decade.

4. 三徑就荒，松菊猶存。 ——陶淵明《歸去來辭》

Though far gone to seed are my garden paths,

there are still left the chrysanthemums and the pine. ——林語堂譯

5. 一失足成千古恨。

A single fault brings endless remorse. ——李慕白譯

6. 淚添九曲黃河溢，恨壓三峰華岳低。 ——王實甫《西廂記》

My tears would cause the long and winding Yellow River to flood, And my grief would weigh down the numerous peaks of the Hua Mountain.

7. 美猴王享樂天真，何期三五百載。 ——吳承恩《西遊記》

The Monkey King had enjoyed this artless existence for several hundred years... ——Tr. by Arthur Waley

㈢ 精確與約略的比較

1. 千山鳥飛絕，萬徑人蹤滅；
孤舟簑笠翁，獨釣寒江雪。 ——柳宗元《江雪》

In a thousand hills
birds have ceased to fly;
On countless tracks
footprints have disappeared.
A solitary boatman
in bamboo cape and hat
Is fishing the icy river
in the snow ——Tr. by Innes Herdan

The birds have flown away from every hill,
Along each empty path no footprint seen

In his lone skift his bamboo garments screen,

One aged fisher from the mountain chill ——Tr. by W. J. B. Fletcher

2. 食前方丈，侍妾數百人，我得志，勿為也。 ——《孟子》

Food spread before me over ten cubits square, and attendant girls to the amount of hundreds; these though my wishes were realized, I would not have. ——Tr. by James Legge

3. 我想先夫在日，食前方丈，從者數百，今日至親則這三四口兒，好生傷感人也呵！ ——王實甫《西廂記》

When I reflect that while my husband was alive the food spread before us was most sumptuous, and our attendants numbered hundreds, whereas today I have only three or four intimate relations with me, I feel very sad. ——熊式一譯

由以上的例子可以清楚看到，文學作品中的數字，有時不必刻意精確，重要的是將原作者的意境表達完整。如能將意境妥善表達，數字並不重要。

第十六章
形容詞與副詞

翻譯形容詞與副詞最應注意的是兩國因語法、句型、風俗習慣造成的差異。

一、刪除不必要的「地」與「的」。運用重組、斷句的方法，達到語意清晰通暢

1. Taiwan's global trade soars dramatically.

   臺灣的全球貿易戲劇性地起飛。

   臺灣全球貿易巨幅增加。

2. Phonology is not the study of telephone etiquette, nor the study of telephones.

   音韻學不是電話禮儀的研究，也非電話本身的研究。

   音韻學既不是研究電話禮儀，也非研究電話本身。

3. They are healthy, gainfully employed young people.

   他們是健康的被雇用的有酬勞的年輕人。

   他們是健康又高薪的年輕人。

4. The reason the film *All Quiet on the Western Front* remains a great classic is that it portrays the humanity shared among soldiers.

   《西線無戰事》這部電影變成了一部偉大的古典作品的原因，就是因為它描述了士兵之間分享人性的故事。

   《西線無戰事》這部電影所以能成為不朽的經典之作，就在於它描述士兵之間擁有共同的人道精神。

5. A plane will leave Washington with an unusual addition to its passenger list.
一架多一個不尋常的乘客的名單的飛機將從華盛頓起飛。
一架飛機將從華盛頓起飛，機上乘客名單中，將不尋常地增加一人。
6. College presidents in recent years have understandably wearied of hearing complaints about the ever-rising fees they charge, and are assuming a more assertive attitude toward the consumer.
近年來可以了解地聽煩了有關持續上漲的學費的抱怨聲的校長們正對消費者採取更強硬的態度。
近年來，抱怨持續上漲的學費聲四起。怪不得大學校長都聽煩了。因此他們正對消費者採取更強硬的態度。

二、Be 動詞後面的形容詞常可省略「的」

1. His attitude about money is shallow and immature.
他對金錢的態度是膚淺的和不成熟的。
他對金錢的態度膚淺又不成熟。
2. Myths are usually brief.
神話通常是簡短的。
神話通常簡短。
3. Your idea is excellent.
你的主意是非常好的。
你的主意非常好。
4. Americans are noticeably informal.
美國人是明顯地不正式的。
美國人的不拘小節顯而易見。

三、善用「上」、「中」、「下」表示形容詞與副詞

1. The American poetry of the modern era is the most vibrantly varied genre.
   ——Walter E. Kidd. *American Winners of the Nobel Literary Prize*
   當今美國詩風在抑揚頓挫上風格迥然不同。
2. Biological and legal inheritance are profoundly different.
   生物學及法學上的繼承差異極大。
3. Guggenheim Museum is essentially a long ramp.
   基本上古根漢博物館是一條長長的斜坡形建築。
4. Under the circumstances that the patient's condition continued to grow worse the doctor decided to operate on him.
   在病人病情繼續惡化下，醫生決心開刀。
5. There are many new highways in construction.
   有許多新公路正在建築中。

四、正確區分形容詞與副詞及其修飾的目標

1. Experienced travelers are increasingly looking for destinations off the beaten track.
   愈來愈多有經驗的旅客找尋人跡罕至的地方。(×)
   有經驗的旅客越來越找尋人跡罕至的地方。(×)
   有經驗的旅客對找尋人跡罕至地方的努力，益趨積極。(√)
   (increasingly 是副詞，修飾 looking for，因此第一句不符原意。第二句雖合文義但卻非好的中文。第三句則符合原文意思，又為通順的中文。)
2. Tonya Harding is sorry she didn't turn in her ex-husband.

很遺憾的，哈汀未將她的前夫交警方處理。（×）
未能將前夫送交警方處理，哈汀覺得很遺憾。（√）
（sorry 是形容詞，修飾 Harding。）

3. My first valentine was for a nine-year-old. She went straight up and down with not a single bump sticking out of her school uniform.
我第一張情人卡是送給一個九歲的女孩。她直直地走來，身上看不出任何發育的跡象。（×）
我第一張情人卡是送給一個九歲的女孩。她穿了學校制服的身材，從頭到腳都是直直的，一點都看不出任何發育的跡象。（√）
（up and down 介系詞片語當副詞，修飾副詞 straight：從上到下，從頭到腳都是直直的。）

4. It is an excellent rare-and-secondhand-book store.
這是間很棒、很稀罕的二手書店。（×）
這是家很好的書店，專門買賣珍本與舊書。（√）
（rare 是形容詞，修飾 book。rare book：珍本。）

5. Schools need help in coping with the eruption of violence.
學校需要協助處理暴力的發生。（×）
學校在處理暴力事件上需要幫助。（√）
（in coping with the eruption of violence 是介系詞片語當形容詞，修飾名詞 help。）

五、形容詞與副詞譯成中文時，為求語意通順清晰，可用「詞性轉變法」與「增字法」

1. "Relax," his coach said, seriously.
「放鬆。」他的教練說，嚴肅地。
「放鬆。」他教練嚴肅地說。
「放鬆。」他的教練以嚴肅的口吻對他說。

（將 seriously 改換成形容詞。）

2. While characteristically thankful to one and all, Jansen shed several tears.
   當典型地感謝每一個人時，傑森流下了淚。
   傑森以典型的感謝詞向所有人道謝時，流下了淚。
   （將 characteristically 改換成形容詞。）
3. The young soldier pointed his hesitant rifle at the suspect.
   年輕的士兵將他猶豫的來福槍瞄準這位可疑人物。
   年輕的士兵猶豫地將他的步槍瞄準這位可疑人物。
   （將形容詞 hesitant 轉換為副詞。因為用猶豫修飾來福槍不合中文習慣。來福槍為舊式音譯，故修正為意譯的步槍。）
4. Americans express their emotions more openly than Canadians.
   美國人比加拿大人更開放地表達他們的情緒。
   在表達情緒上，美國人的開放度領先加拿大人。
   （將副詞 openly 改換為名詞開放度。）
5. He was an undisputed master of his trade.
   在他那行，他是公認的大師。
   他是個無可爭議的大師在他的行業中。
   無可爭議，在他那行，他是公認的大師。
   （將形容詞 undisputed 改換為副詞。）

六、正確區分形容詞與副詞，並非 ly 結尾的必然是副詞

(一) hard, hardly

A. hard：形容詞，副詞

1. He was breathing hard.（副詞）
   他費力地呼吸。

2. Many people desired hard for money.
   許多人非常渴望錢。（副詞）
3. These are hard facts.
   這些是冷酷的事實。（形容詞）
4. Verification is often a hard, tedious task.
   核對常是一件辛苦又繁瑣的工作。（形容詞）

B. hardly：副詞。hardly 是一個具否定涵義的字。它並非 hard 的副詞。

1. I can hardly breathe.
   我幾乎不能呼吸。
2. Many people work very hard but can hardly save any money.
   許多人非常努力工作卻存不了什麼錢。
3. Marriage is war. Let's get that straight, first of all. To those currently married, this will hardly be news.
   婚姻就是戰爭。讓我們一開始就把這點弄清楚了。對那些目前正處在已婚狀態的人來說，這應該不是什麼新聞。

㈡ sick, sickly

A. sick：形容詞。生病；不愉快到可以生病的程度。

1. He was a sick child until he was seven years old.
   七歲以前他一直是個有病的孩子。
2. It makes me sick to see people talking loud on the cell phone in the theater.
   在劇院裡看到人們用手機高聲講話令我生氣。

B. sickly：形容詞。形容建康：身體多病，虛弱；形容氣味：令人作嘔反胃；形容顏色：淺色。

1. He was a sickly child until he was seven years old, frequently in and out of hospital.
   七歲以前他一直是個多病的孩子，時常進出醫院。

2. All the walls were painted a sickly green.
所有的牆被漆上一層淺淺的綠。

㈢ low, lowly

A. low：形容詞。通常指尺寸的高矮、溫度的高低等。

1. In Xian city the annual rainfall is low.
西安的年降雨量很低。
2. Cook over a very low heat, stirring constantly.
以低溫烹煮，不時地攪拌。

B. lowly：形容詞。通常指地位、階級的高低。

1. He was a lowly English clerk in London.
他是倫敦一個卑微的職員。
2. Tofu is a lowly soybean product but not low in health value.
豆腐是一種平民的食物，但營養價值卻不低。

㈣ dead, deadly

A. dead：形容詞，副詞。當形容詞時，通常指無生命、無生氣、無活力；當副詞時，通常指完全。

1. I am not dead but sleeping.
我沒有死，只是睡著了。（形容詞）
2. Father stopped dead and looked at me over his shoulder.
父親完全停住了腳步，回過頭來望著我。（副詞）
3. Having arrived in the dead quiet of the afternoon, I had the place all to myself.
我在下午鴉雀無聲的時刻到達，整個地方只有我一個人。（副詞）

B. deadly：形容詞，副詞。當形容詞時，通常指致命的；當副詞時，通常指極端的，非常的。

1. The pilot of the plane is in deadly danger.
飛行員身陷致命險境。(形容詞)
2. Drug abuse can be deadly.
使用藥物不當可以致命。(形容詞)
3. The weekly meeting tends to be deadly dull.
每週的會議可說極端無趣。(副詞)

七、兩國習俗文化不同，須修正搭配上的差異

1. Purple-robed and pauper-clad
Raving, rotting, money-mad
A squirming herd in Mammon's mesh,
A wilderness of human flesh,
Crazed with avarice, lust, and rum,
New York, thy name's Delirium.
——Byron Rufus Newton. *Owed to New York*, 1903.
貴族、貧民。
狂暴、腐朽、唯利是圖，
財神網中蠕動的一群，
人身組成的蠻荒世界，
因貪婪、慾望、酒色而瘋狂。
紐約，你的名字叫精神錯亂。
(西方古時身分地位極高的人穿紫衣。)
2. The monk was accused of having broken his vows of chastity in the red light districts of Australia and New Zealand.
這位神職人員被控違反貞潔誓言光顧澳洲與紐西蘭的風化區。
3. He is not yellow. He is cautious.
他不是膽小，他是小心。

4. "You stupid pig!" I shouted at him.
   He got blue in the face and came toward me.
   「你這頭笨豬!」我朝他大喊。
   他臉色發青朝我走來。
5. When traveling abroad, beware of green-eyed locals.
   在國外旅行時要小心心懷妒忌的當地人。
6. You are such brown-nose.
   你這個馬屁精。
7. How sweet it is!
   多好呀!
8. My mother has a sweet tooth.
   我母親愛吃甜食。
9. A gentleman should avoid using four-letter words.
   有教養的人應避免用三字經。
   (英文中粗俗不雅的字常由四字組成，如 darn, damn, fuck, hell, shit 等。而中國不雅的字大多由三字組成。)
10. My wife is asking for pin money, and the pin she wants has eight diamonds in it.
   我的妻子要些脂粉錢，而她要買的脂粉裡有八顆鑽石。
   (西方丈夫給妻子購買的胸針錢相當於中國丈夫給妻子的脂粉錢。)

八、中譯英時特別注意形狀像副詞的形容詞以免誤用

1. 他很友善地與我說話。
   He spoke to me very friendly.（×）
   He spoke to me in a very friendly manner.（√）
2. 她唱得很好聽。
   She sang lovely.（×）

Her singing was lovely.（√）

3. 他懦弱地說了一個謊。

He lies cowardly.（×）

He gives a cowardly lie.（√）

4. 他過著非人的生活。

He lives ungodly.（×）

He lives in an ungodly situation.（√）

第十七章
時態

動詞在任何一種語言都是組成句子不可或缺的要素。英文動詞在句子裡擔任了三個重要的任務：時態 (tense)、語態 (mood)、語氣 (voice)。英文時態變化有十六種。但在中文裡，時態、語態、語氣並不由動詞負責，而是由上下文以及副詞來表示。因此在翻譯的時候，要注意這兩種語言的不同，以便作最適切的對等表達。

一、表現在

若是一般的現在式，不必特意添加「現在」、「此刻」、「馬上」、「正在」等時間副詞。

1. You cannot keep out of trouble by spending more than your income.
——Abraham Lincoln
花費超過收入，麻煩不請自入。
2. John, 24, works in an electronics factory while Tina, 15, is still at school.
蒂娜十五歲還是學生的時候，約翰二十四歲在電子工廠上班。
3. He may bring problems but he also helps to solve them.
也許他會帶來一些麻煩，但是他也會幫忙解決這些麻煩。
4. Make sure that the horse stays calm and does not work himself into a frenzy.
一定要確定，馬匹處在平靜狀況，別讓牠發狂。

二、表過去

除非在加強、對比或文義需要時，不必添加「過去」、「曾經」、「以前」或「了」這類字。

㈠ 一般過去

1. There were no objections.
   沒人反對。
2. We were half frozen before the end of the game.
   比賽還沒結束，我們就被凍得半死。
3. There was once a town in the heart of America where all life seemed to live in harmony with its surroundings.
   ——Rachel Carson. *The Obligation to Endure*
   在美國中心地帶曾經有一個小鎮，在那裡似乎所有的生物都能與環境共榮共存。
4. Winston S. Churchill was one of the greatest statesmen in world history.
   邱吉爾是世界史上一個極偉大的政治家。

㈡ 特殊

1. Once upon a time the deep red berries of the mulberry tree were white as snow.
   從前，紅得發紫的桑葚是像雪一樣潔白。
2. Things we did not or could not express are there in our dreams.
   以往我們沒有表達或不能表達的事都出現在自己的夢裡。
3. What happened next is still not entirely clear.
   後來發生了什麼事，現在還不完全清楚。

三、表完成

通常可用「曾」、「曾經」、「已」、「已經」、「了」、「過」等表示。在加強語氣時可以用「一直是」來表示。如無必要，也可省略不譯。否定語氣可譯為「還沒有」、「從未」、「再也沒」。

1. Their well had gone dry.
   他們的井乾了。
2. Dr. Samuel Johnson had given shape and permanence to his native language by his Dictionary.
   約翰遜博士以其編著的字典賦予其本國語言文字固定的形式及永久性。（省略）
3. To those who have known comfort, discomfort is a real torture.
   ——Aldous Huxley. *Comfort as an End in Itself*
   對那些曾經知道舒服的人來說，不舒服真是一種折磨。
4. The history of life on earth has been a history of interaction between living things and their surroundings.
   ——Rachel Carson. *The Obligation to Endure*
   地球上生物的歷史一直是生物和其環境相互消長的記錄。
5. He was far better looking now than he had been then.
   他現在比那時好看得多。
6. Much has been written about Chaplin's art and his legendary career.
   已經有許多文字記述有關卓別林的藝術和他的傳奇事業。
7. My efforts have not been in vain.
   我的努力沒有白費。
8. Today the guns are silent. A great tragedy has ended. A great victory has been won.
   ——General Douglas MacArthur. "A Speech", *Reminiscences*

今日，槍砲寂靜。一場大悲劇已經結束，一場大勝利已經贏得。

9. We have petitioned; we have remonstrated; we have supplicated; we have prostrated ourselves before the throne, and have implored its interposition to arrest the tyrannical hands of the ministry and Parliament. ——Patrick Henry. *Give Me Liberty or Give Me Death*
我們請願過，我們抗議過，我們呼籲過，我們匍伏在地向英皇室懇求過，懇求皇室干預英國內閣及國會暴行。

10. I have never been free; the world, my kin, my neighbors, have always enslaved me.
我從未自由過，這個世界，我的親人，我的鄰居一直都奴役我。

四、表未來

英語常以 shall、will 表示未來，should、would 在過去式中表示未來。但 shall、will、should、would 除表達未來式外，尚有其他多項功能。

shall

㈠ shall（過去式用should）用於第一人稱時表示未來，翻譯時可用「會」、「將」等同義字或文義來表達。

1. I shall never permit myself to stoop so low as to hate any man.
——Booker T. Washington
我永遠不會允許自己沉淪到怨恨任何人的地步。

2. We shall have World Government whether or not we like it. The only question is whether World Government will be achieved by conquest or consent. ——James P. Warburg
不管我們是否喜歡，我們都會擁有一個世界政府。問題是，這個世界政府是經由武力的征服還是經由和平的溝通而成立的。

㈡ 在古式英文中，說話者為表達強烈的情緒，如祈禱、保證、命令、威脅時，第二、第三人稱用 shall。如屬祈禱可以省略，或用「懇求」、「求」等類似文字。如屬保證、威脅、命令，則可用「必將」、「必須」等同義字表達。否定語氣可用「不得」。

1. All kings shall fall down before Him; all nations shall serve Him.

——Psalm 72:11

諸王都要叩拜祂；萬國都要事奉祂。

2. Not a penny shall you have; not one farthing more shall you get.

我不會再給你一毛錢。你休想在我這裡再拿到半毛錢。

3. No animal shall drink alcohol to excess.

—George Orwell. *Animal Farm*

任何動物都不得飲酒過量。

沒有動物可以飲酒過量。（未將命令涵義譯出。）

動物不可飲酒過量。（未將加強語氣譯出。）

4. Thou shalt not steal. Thou shalt not covet.

不得竊盜。不得貪婪。

5. Whoever commits robbery shall be punished with rigorous imprisonment for a term which may extend to ten years, and shall also be liable to a fine.

盜劫者當嚴懲，最高得判十年，並科罰金。

6. No student shall get credit for his attendance at lectures in the Faculty of Arts as a part of his College course, until he shall have matriculated.

學生非經正式許可，不得以文學院學分抵作大學課程學分。

7. Fathers that wear rags

Do make their children blind;

But fathers that bear bags

shall see their children kind. ——*King Lear*, Act II, Sc. 4, L. 48

穿著破爛的父親

令子女視而不見。
但攜帶錢袋的父親
必然目睹子女慇勤懇切。

should

㈠ 表示「責任」、「應該」、「忠告」。

1. We should be careful crossing streets.
   過馬路時應小心。
2. I believe in power; but I believe that responsibility should go with power. ——Theodore Roosevelt
   我相信權力，但我也相信權力應與相等的責任配合。
3. Education should not put the mind in a straitjacket of conventional formulas. ——James B. Conant
   教育不應將心智束縛於陳腐教條的緊身衣中。

㈡ 條件句中，表示微弱的可能。

1. I'll bring the umbrella with me in case it should rain.
   我會帶把傘以防萬一下雨。
2. If you should suffer insomnia, take a cup of warm milk.
   萬一你失眠，喝杯溫牛奶。

will

㈠ will（過去式用 would）用在第二、第三人稱時表示未來，但也用來表示一種常態。翻譯時可用「會」、「將」等同義字來表達，但也可省略，以文義來表達。

1. He will come at nightfall.
   入夜他就來。
2. Complaints about taxation will never cease.
   對稅的抱怨將永不休止。
3. He that always gives way to others will end in having no principles of

his own. ——Aesop

永遠對別人讓步結果會沒有自己的原則。

4. A man with a strong sense of integrity will refuse to cut corners.

具強烈正義感的人拒絕走捷徑。(省略)

5. Gold will be slave or master. ——Horace

金銀財寶不是奴隸就是主人。(省略)

6. As long as war is regarded as wicked, it will always have its fascination. When it is looked upon as vulgar, it will cease to be popular. ——Oscar Wild

如果戰爭被視為邪惡,將永遠具有魅力。只有在戰爭被視為低俗時,才會喪失吸引力。

(二) will 也表示意願,尤其用於第一人稱時,翻譯時可用「要」、「會」、「願」等同義字表達,但不能用「將」。

1. There's a possibility we'll go, but it all depends on the weather.

有可能我們會去,但還是要看天氣。

2. He that will not when he may,
When he will he shall have nay.

——Robert Burton. *Anatomy of Melancholy*, Pt. III

可以的時候不願意,那麼到了願意的時候,就必然什麼都不會有。

3. I pledge that I will use my knowledge for the good of humanity and against the destructive forces of the world and the ruthless intent of man; and that I will work together with my fellow scientists of whatever nation, creed or color, for these, our common ends.

——Gene Weltfish

我誓言願以所具之知識,致力於人類福祉,並對抗世上一切破壞勢力與人們的殘暴企圖。我誓言願與其他科學家合作,不分國籍、信仰、種族,共同為以上的目標努力。

㈢ would 具有一種表示謙虛的特質，與 like、please、prefer、rather 等字連用時常表示禮貌的請求、詢問、表達自己的意見。它與表達強烈私人意願的 will 之過去式不同，與表示未來的 will 之過去式也不同，與條件句中的 would 也不同。因此在翻譯時應小心檢視上下文以決定適當的字義。

1. Would you like some cream?
   Yes, please.
   要一點奶精嗎?
   好的，謝謝。
2. I wouldn't want to live in a big city. I would rather be in the country.
   我想我不會要住在大城市。我情願住在鄉下。
3. Would you prefer tea or coffee?
   你喜歡茶還是咖啡?
4. I would like to read that novel.
   我會喜歡讀那本小說。
5. She said she was passing through Paris and would like to have a chat with me.
   她說她路經巴黎，想和我談一談。
6. I would gladly lend you the money but I really don't have it.
   我很願意借你錢，但我實在沒有。
7. I would go to visit them but I don't think they are anxious to see me.
   我很願意拜訪他們，但我想他們不太想見我。

第十八章 自動與被動

在英文中，被動語態非常普遍，尤其在科技論著中，當作者注重的是一件事的過程或結果時，常採用被動語態來表達。但在中文裡，被動語態用得較少。這是因為中文的動詞，有許多本身兼具被動與自動兩種涵義。此外在習俗上，被動語態也多半用在不好的事情上。為了符合中文的文法與習慣，在翻譯被動語態時，可以參考下列五種方法。

一、添加合乎中文習俗表示被動語態的字

如受（受到）、遭（遭受）、讓、被、使、替、令、由、挨、請等。注意：遭、被、挨，多具有不好的意思。

1. Nobody likes to be laughed at.
   沒人喜歡被嘲笑。
2. The plastic bags are thrown away after one use.
   塑膠袋用了一次就遭扔棄。
3. The old man is supported by his grandson.
   這位老人由他的孫子供養。
4. The United States is composed of 50 states.
   美國由五十州組成。
5. The captive was bound to a tree.
   俘虜被綁在樹上。
6. I made him translate the book.
   我使他翻譯這本書。

7. He is respected by his country men.
他受到國人的尊敬。
8. After a successful career in business, he was appointed ambassador.
他在商業界成功後被任命為大使。
9. I was never more hated than when I tried to be honest.
——Ralph Ellison. *Invisible Man*
我想要誠實時最遭人痛恨。
10. We all remember how many religious wars were fought for a religion of love and gentleness; how many bodies were burned alive with the genuinely kind intention of saving souls from the eternal fire of hell.
——Karl Popper
我們都記得多少宗教戰爭是因一個以愛和溫和為宗旨的宗教而起。多少人活活被燒死，起因於真摯地希望這些人的靈魂能免於地獄永久之火的仁慈動機。
11. Every portrait that is painted with feeling is a portrait of the artist, not of the sitter. ——Oscar Wilde. *The Picture of Dorian Gray*
每一張用感覺畫成的人像，都是畫家自己，而非模特兒。
12. What matters isn't being applauded when you arrive, but being missed when you leave. ——Baltasar Gracian
重要的不是你到達時受到喝采，而是離開後受到思念。

二、將受詞變為主詞，主詞變為受詞

1. Parents may be led by their children in computer literacy.
在電腦知識方面孩子可能領先父母。
2. He is known by everyone.
每個人都認識他。

3. I was informed of the fact by the doctor.
   醫生告訴我事情的真相。
4. I was shocked by her attitude.
   她的態度令我吃驚。
5. He was made king by people.
   人民擁立他為王。
6. He was spattered with mud by the mob.
   亂民向他擲泥。
7. Saint Joan of Arc is honored by the people of France.
   法國人崇敬聖女貞德。
8. People's winning or losing is influenced by what happens to them in childhood.
   孩童時期的遭遇常影響成年後的成敗。
9. People's lives will be changed by electronics.
   電子將改變人們的生活。
10. Watch out: aging thugs will be replaced by younger, more violent criminals.
    注意：更年輕、更暴力的罪犯將取代年歲漸老的黑道分子。

三、添加主詞

1. This car was given to her.
   這車是別人給她的。
2. He began to speak and was listened to with great attention.
   他開始演說，大家全神貫注地傾聽。
3. Have you been spoken to about it?
   有人向你提及此事嗎?
4. A motion to adjourn until Friday was made.

有人提議休會到星期五。

5. Having been elected the chairman of the board, he was asked to make a speech before the meeting began.

當選董事會的主席後，大家請他在開會前發表演說。

6. Efforts have been made to distort my position.

有人試著扭曲我的立場。

7. When Edison died in 1931, it was proposed that the American people turn off all power in their homes, streets, and factories for several minutes in honor of this great man.

愛迪生在 1931 年逝世時，有人提議全美人民關閉數分鐘所有家中、街上、工廠內的電力，以紀念這位偉大的人物。

8. He is known to be suffering from Parkinson's disease.

眾所周知，他罹患帕金森氏症。

四、將被動語態改成主動語態

1. You may be fined $600 for speeding.

超速可罰 600 元。

2. He was carried off by a fit of laughter.

他死於爆笑。

3. We are absorbed in the beauty of the sunset.

我們沉醉在美麗的夕陽中。

4. It suddenly occurred to me that I would like to play the harp.

我突然想到要彈豎琴。

5. Several pieces in the set can be bought separately.

整套可以分開賣。

6. Let it not be forgotten.

不要忘了。

7. He is survived by his wife, two sons, and a daughter.
   他遺有一妻、二子、一女。
8. Children are exposed to too much violence on TV.
   孩子們在電視上看到太多的暴力。
9. Promises should be kept.
   應該遵守諾言。
10. The problem is still unsolved.
   問題仍然沒有解決。

五、有些動詞本身具令、使的涵義

如 awe（令敬畏）、surprise（令驚愕）、startle（令吃驚、令驚嚇）、shock（令驚嚇）、worry（令煩惱）。翻譯時應注意分辨主、受詞。

1. The fragile old lady startled the burly taxi driver.
   粗壯的計程車司機被這位身體瘦弱的老婦人嚇了一跳。
2. The police worry the demonstrators.
   警察令示威者感到憂心。
3. Abraham Lincoln awed the mother who lost five sons in the war.
   這位在戰爭中失去五個兒子的母親對林肯總統充滿敬畏之心。
4. The guest shocked the hostess.
   女主人被這位客人嚇著了。
5. The little boy surprised his teacher.
   小男孩令他的老師吃驚。

第十九章
比較級

一、翻譯比較級時，先要了解英語比較級的基本句型，然後運用顛倒、重組、意譯等翻譯技巧使譯文免於歐化

(一) 同級的基本句型：**as + base form of the adjective (adverb) + as**

1. His satire remains as unappealing as ever.
   他的諷刺像往常一樣無趣。
2. Dad was as soft as putty.
   父親像油灰一樣可任人擺佈。
3. Relying on drugs to solve our problems, whether physical, mental or emotional, is as common as social drinking.
   藉藥物來解決身體、精神、或情緒上的各種問題，就像應酬時飲酒一樣普遍。

(二) 比較級的基本句型：**comparative form of the adjective (adverb) + than**

1. Traveling by train is more comfortable than traveling by bus.
   坐火車旅行比坐公車舒服。
2. Babies are always more trouble than you thought—and more wonderful.
   嬰兒比預期的更麻煩，但比預期的更奇妙。

3. Mental illness is less common among the educated and successful than it is among the lower social classes.
社會中較低階層的人，比受過教育及成功的人，容易罹患精神疾病。
4. What you are born is less important than what you become. Where you are from is less important than where you are going.
英雄不怕出身低，好漢不提當年勇。未來比過去重要。（意譯）
5. I see you are better fed than taught.
我看你吃飽撐了，欠教訓。（意譯）

㈢ 最高級的基本句型：the + superlative form of the adjective (adverb) + modifier

1. That's the most ridiculous story I've ever heard.
我聽到最可笑的故事非此莫屬。
2. Silence is one of the great arts of conversation.
緘默是談話的一項偉大藝術。
3. The greatest hunger a person has is to be needed.
人最大的需求就是「被需要」。（直譯）
4. In terms of Darwinian theory, the most successful groups were those who had the highest reproduction rate.
根據達爾文理論，最成功的族群就是最具生產率的族群。

二、不易翻譯的比較級

㈠ 否定語氣的比較級在中文裡常可以最高級表示

1. No vice is so bad as advice. ——Marie Dressler
忠告是最糟的惡行。
2. There is no way to catch a snake that is as safe as not catching him.

捉蛇最安全的方法就是不要捉蛇。

3. There's hardly a country where I haven't been, but I love Antarctica more than any other place in the world.
幾乎沒有一個國家我尚未去過，但我最愛南極。

4. There is no greater delight than to be conscious of sincerity on self-examination.
為人最可告慰的莫過於在自省時自覺待人真誠。

5. No young man starting life could have better capital than plenty of friends.
年輕人初出社會時最大的資產就是朋友。

(二) 句中含 any other 或 any...else及其同義字的比較級，在中文裡常可以最高級表示

1. I felt that you were more lonely than anybody else in the world.
我覺得你是世上最寂寞的人。

2. Asian restaurants have become more widespread than any other eateries in the world.
亞洲餐館是世上散佈最廣的餐飲場所。

3. The U.S., which emits more carbon dioxide than any other country, has rejected any treaty that includes mandatory targets for curbing greenhouse gas emissions.
美國是世界上排放二氧化碳最多的國家，但它拒絕簽署任何可以約束溫室效應氣體排放的條約。

4. Lincoln was slandered, despised and hated more than any other President.
林肯是有史以來受到中傷、輕視與懷恨最嚴重的總統。

5. The abuse of tobacco and alcohol is far greater than any other drug category.

在所有導致上癮及不良後果的藥物中，煙草及酒精遙遙領先。

煙草和酒精上癮遠超過任何其他種類的藥物。（直譯）

㈢ 否定語氣＋any more than 可譯為「正如」

1. Men are not born equal in their power of concentration any more than in their power of playing billiards.
   正如人們玩撞球的天分不同，他們集中注意的天分也不同。
2. The computer can never equal the human brain, any more than the machine can replace man.
   正如電腦無法與人腦相提並論，機器也無法取代人。
3. Wealth cannot guarantee happiness, any more than it can lead to immortality.
   正如財富無法保證快樂，它也無法導向不朽。
4. Children cannot be made learned, any more than they can be made wise; for immaturity is an insuperable obstacle to both.
   ——Mortimer J. Adler. *Books, Television, and Learning*
   正如無法使孩童們變得知識淵博，因此也無法令他們具備智慧。因為心智不成熟是通往知識與智慧無法克服的障礙。

㈣ 英文比較級及最高級其功能若為單純修飾與形容，譯成中文時可不用比較級及最高級

1. There stood the loudest, scariest clown with a big red nose and a luminous orange wig.
   在那裡站著一個小丑。他講話的聲音震耳欲聾，樣子恐怖萬分。
   他的鼻子又大又紅，還戴了一頂油亮的橘色假髮。
2. Eating as few as two fish meals a week cut the death rate from coronary heart disease by half.
   一星期只吃兩次魚，就可減少冠狀動脈血管心臟病一半的死亡率。

3. Mother gave me a most unmerciful flaking.
媽媽冷酷無情狠狠地責罵了我一頓。
4. Discuss major points with your friends or family at the earliest opportunity.
儘早與你的朋友或家人討論重點。
5. He is one of England's greatest writers.
他是英國一個非常偉大的作者。
他是英國最偉大的作者之一。(歐化)

三、具比較涵義的句型、片語與單字

(一) clause + what + clause

1. Books are to mankind what memory is to the individual.
人類的書就如同個人的記憶。
書對人類就如記憶對個人。(歐化)
2. Fiction is to the grown man what the toy is to the child.
成年人的小說就如同小孩的玩具。
3. Clothesline was to my childhood what Scotch tape is to my kids.
我孩子的膠紙就如同我孩提時期的曬衣繩。

(二) 名詞 + of + 同名詞複數

1. Beauty is the wonder of wonders.
——Oscar Wilde. *The Picture of Dorian*
美是世上最奇妙的東西。
美是奇中奇。
2. We Chinese hope to build our country as the nation of nations, a model to which the rest of the world in turmoil aspired.

我們中國人希望能將中國建立為世上最好的國家，一個在混亂不安世界中大家渴望達成的典範。

3. Jesus Christ is the king of kings.
耶穌基督是萬王之王。

㈢ prefer to, prefer over, superior to, inferior to

1. We tend to prefer American-made cars over the European and Asian products.
我們較喜歡美製車，較不喜歡歐製或亞製車。
2. For life's everyday problems the support of sympathetic friends and relatives, specialized organizations and spiritual solace are preferable to habitual reliance on drugs in any form.
為解決日常生活中的問題，親友們的關懷與支持、相關機構的援助、宗教的慰藉，都較習慣性依賴任何形式的藥物為佳。
3. There is nothing noble in being superior to some other man. The true nobility is in being superior to your previous self.
超越別人沒什麼，超越自我才真了不起。
4. American technology was far superior to that elsewhere.
美國科技遠超過其他各國。
5. Do we have to admit that human beings are inferior to computers if a computer should win the world championship in chess?
倘若電腦贏得世界棋賽冠軍，我們是否必須承認它比人類強?

㈣ over，to

1. A four-speed manual transmission can save up to 6.5 miles per gallon over a three-speed automatic.
四速手排車比三速自排車每加侖可多開六哩半。
2. He was actually aware of the Nazis' desire to prove "Aryan

superiority," especially over blacks.
他明白納粹渴望要證實亞利安民族的優越，尤其是優於黑人。

3. All his previous shouting was as nothing to these obscene words referring to my person.
和這些人身攻擊的髒話相比，他前面的大呼小叫就顯得不算回事了。

(五) 字首綴語 out- 含超越之意

1. The demand for food by the consumer has begun to outrun the capacity to provide.
消費者對食物的需求量已開始超越食物的供給量。

2. Unceasing effort is the price of success. If we do not work with our might, others will; and they will outstrip us in the race.
Ernest Hemingway
永不休止的努力是成功的代價。如果我們不全力以赴，別人會，因而在人生的競賽中超越我們。

四、the best 與 at best，the least 與 at least 涵義不同，翻譯時應仔細分辨

(一) the best, at best

1. The best time to visit the Middle East is always after a terrorist incident: price drop and the shrines are empty.
到中東旅遊的最佳時機永遠是在恐怖分子鬧事之後。那時物價下跌，神廟閒空。

2. Fame without happiness is but a sorry joke at best.
——Ernest Hemingway
沒有快樂實質的好名聲，最多也只不過是個可憐的笑話。

3. History is a fable agreed upon. At best, it is only a part-told tale.
歷史只不過是大家同意的傳說。最多也只有部分是真相。

(二) the least, at least

1. With the least bit of empathy the photographer can capture human dignity.
攝影師只要把憐憫心減到最低就可捕捉到人性的尊嚴面。
2. The people corporations select to be bosses are the most rigid and demanding, and the least able to adapt to difficult situations.
公司選擇成為上司的人都是最嚴格、最苛求的人，但卻最沒有能力適應困境。
3. It pays to know the enemy—not least because at some time you may have the opportunity to turn him into a friend.
——Margaret Thatcher. *Downing Street Years*
認識敵人有好處，不只是一點點。因為有一天，也許你有機會將他變成朋友。
4. You should take the time to read poetry aloud. At the very least, you must read it to yourself slowly enough so that in your "mind's ear" you can actually hear it.
你應該慢慢地，大聲地朗誦詩，其聲量和速度至少應該能使自己的內心真正聽到。

五、中譯英時注意沒有比較級的形容詞與副詞

常見不能比較的形容詞有：golden、perfect、unique、excellent、singular、absolute 等。

1. 在父母的眼中，每個孩子都是最好的。
To parents，every child is unique.

2. 她有一雙世上最清澈誠實的眼睛。

   Her eyes are singularly honest and fresh.

3. 我們會給你一張穩賺不賠有價證券的名單。

   We'll make you out a list of absolutely gilt-edged securities.

4. 這是個最好的機會。

   This is a golden opportunity.

5. 墾丁國家公園是渡假最好的地方。

   Ken-ting National Park is an excellent place for vacation.

6. 這是顆最完美的鑽石，一點瑕疵也沒有。

   It is a perfect diamond without any flaw.

第二十章
子句

英文子句共有三類：名詞、形容詞、副詞。翻譯時應首先正確分辨各種不同的子句，了解正確的語意，再以通順、易懂的譯文，將正確的語意傳遞給讀者。

第一節　名詞子句

名詞子句在句中主要擔任主詞、受詞、同位詞。翻譯時應將名詞子句標出，先獨立翻譯，然後依實際狀況以適當的翻譯技巧處理。it 在句中擔任虛主詞與虛受詞的句型，可參閱第十三章第二節。

一、主詞

1. It is not clear whether this machine will be built by Europe alone or whether the cost will be shared with others.

子句：是否這個機器是由歐洲獨自建造，或費用由其他國家共同分擔

初譯：是否這個機器是由歐洲獨自建造，或費用由其他國家共同分擔還不清楚。

潤色：這個機器是由歐洲獨自建造，還是由其他國家共同分擔費用，還不清楚。

2. That you should believe me is not always true.

子句：你應該相信我

初譯：你應該相信我不是永遠對的。

潤色：「你應該相信我。」這句話不是永遠對的。

3. Whoever broke the vase will have to pay for it.

子句：不管是誰打破花瓶

初譯：不管是誰打破花瓶必須賠償。

潤色：不管是誰打破花瓶，都必須照價賠償。

二、受詞

1. He taught me a lot and was also a good type of person for whom I always have had a very high regard.

子句：我非常尊敬他

初譯：他教給我很多，我非常尊敬他。

潤色：他教給我很多。他是我非常尊敬的那種類型。

2. The real key to being creative lies in what you do with your knowledge.

子句：如何運用你的知識

初譯：創造力真的關鍵在於如何運用你的知識。

潤色：如何運用你的知識是創造力最重要的關鍵。

3. They expect to close a deal soon under which the U.S. would call off its annual "Team Spirit" military exercises in South Korea.

子句：美國將取消在南韓舉行的年度「團隊精神」演習

初譯：他們期盼不久達成美國將取消在南韓舉行的年度「團隊精神」演習的協議。

潤色：他們期盼不久能達成協議。在此協議中，美國將取消在南韓舉行的年度「團隊精神」演習。

4. Some people in the Labour Party believe that high house prices mean high living standards and affluence.

   子句：高房價就是高生活水準和富裕

   初譯：工黨有些人相信，高房價就是高生活水準和富裕。

   潤色：工黨有些人相信，高房價就是高生活水準，就是富裕。

三、同位詞

1. The fact that he had not told the truth soon became apparent.

   子句：他沒有講真話

   初譯：他沒有講真話（這個事實）不久就明顯了。

   潤色：不久就清楚他沒有講真話了。

2. The idea that everyone should be required to vote by law is something I don't agree with.

   子句：法律規定每個人必須投票

   初譯：法律規定每個人必須投票（這種觀念）我無法贊同。

   潤色：我無法贊同每個人必須投票的法律規定。

3. We must face the fact that we might lose all our money.

   子句：我們可能失去所有的金錢

   初譯：我們必須面對我們可能失去所有的金錢這個事實。

   潤色：我們必須面對一個事實：我們可能失去所有的金錢。

第二節　形容詞子句

形容詞子句分兩種：限定的形容詞子句 (restrictive adjective clause) 與

非限定的形容詞子句 (nonrestrictive adjective clause)。翻譯這兩種子句的方法大致類同，但需要分辨這兩類子句涵義的不同，以免誤譯。

一、將形容詞子句及其形容的名詞標出，先獨立翻譯。若形容詞子句簡短，則可將其轉變成形容詞，置於所修飾的名詞之前

1. You know perfectly well the reason why I would not pay the bill.

   子句：我不付帳的原因

   初譯：你很清楚知道我不付帳的原因。

   潤色：你很清楚我不付帳的原因。

2. All the historical books which contain no lies are extremely tedious.

   Anatole France, 1844–1924.

   子句：所有不含謊言的歷史書

   初譯：所有不含謊言的歷史書是極端乏味。

   潤色：不說謊的歷史書全都枯燥乏味。

3. Fortune brings in some boats that are not steered.

   ——Shakespeare

   子句：不能駕駛的船

   初譯：命運帶來一些不能駕駛的船。

   潤色：造化弄人，命運不可測。

二、若將形容詞子句轉變成形容詞，結果使得譯文顯得冗長，則可運用斷句法，增添必要的名詞、代名詞、動詞，然後獨立譯出

1. He was trying to complete a humanities paper that was already a month overdue and twenty pages too long.

   子句：一份已經遲了一個月而且多了二十頁的人文科學報告

初譯：他試著完成一份已經遲了一個月而且多了二十頁的人文科學報告。

斷句潤色：他試著完成一份人文科學報告。**這份報告**已經遲了一個月而且要縮短二十頁。

2. People who recover their sight after a lifetime of blindness actually cannot at first tell a triangle from a square.

子句：眼盲了一生後恢復視覺的人

初譯：眼盲了一生後恢復視覺的人，剛開始真的不會分辨正方形與三角形間的不同。

斷句潤色：出生就眼盲的人，**他們**恢復視覺後，剛開始真的不會分辨正方形與三角形間的不同。

3. He had uttered a mad wish that he himself might remain young, and the portrait grow old.

——Oscar Wilde. *The Picture of Dorian Gray*

子句：自己永遠年輕，畫像漸漸年老的瘋狂願望

初譯：他發出了一個自己永遠年輕，畫像漸漸年老的瘋狂願望。

斷句潤色：他發出了一個瘋狂的願望，**希望**自己永遠年輕，而畫像漸漸年老。

三、注意限定的形容詞子句 (restrictive adjective clause) 與非限定的形容詞子句 (nonrestrictive adjective clause) 涵義的不同，以免誤譯

1. Depression, which often accompanies alcoholism, can be the result of or the cause of drinking too much.

子句：憂鬱症常酗酒（所有的憂鬱症都常酗酒）

初譯：憂鬱症常酗酒。酗酒可能是憂鬱症的結果或原因。

潤色：憂鬱症常有酗酒的現象。酗酒可能是憂鬱症的結果，也可能是憂

鬱症的原因。

比較：Depression which often accompanies alcoholism can be the result of or the cause of drinking too much.

子句：常酗酒的憂鬱症（憂鬱症有許多種，其中有一種常酗酒）

初譯：常酗酒的憂鬱症可能是酗酒的結果或原因。

潤色：常酗酒的憂鬱症，可能是這類憂鬱症的結果，也可能是這類憂鬱症的原因。

2. The students, who had protested against the rule, gained nothing from the protest.

子句：學生抗議校規（全體學生抗議校規）

初譯：學生抗議校規，從抗議中毫無所獲。

潤色：學生們抗議校規，結果卻毫無所獲。

比較：The students who had protested against the rule gained nothing from the protest.

子句：抗議校規的學生（只限於抗議校規的學生）

初譯：抗議校規的學生，從抗議中毫無所獲。

潤色：抗議校規的學生們毫無所獲。

四、英文句中的關係代名詞常被省略，翻譯時要注意

1. Everyone has done some things he considers wrong, and admitting these sins in public is likely to arouse feelings of guilt.

(things 之後的關係代名詞省略)

每個人都做過一些自認是錯誤的事，當眾承認這些錯誤可能引起罪惡感。

2. Technological gains are bringing to people products, services, and recreation they never dreamed of just a few years ago.

(recreation 之後的關係代名詞省略)

科技的發展正源源不絕為人們帶來許多新產品、新服務、新娛樂。這些新東西都是人們在幾年前作夢也沒有想到過的。

3. A little knowledge withheld is a great advantage one should store for future use. ——Amy Tan. *Joy Luck Club*

(advantage 之後的關係代名詞省略)

保留一點點知識不告訴別人有很大的好處,這種好處應該保留下來等將來用。

第三節 副詞子句

副詞子句在英語中常用來表示時間、地點、原因、目的、結果、條件、讓步、比較。大部分的副詞子句結構與中文相似。但因為相似,翻譯時容易造成疏忽。這裡提出三個例子說明。

一、when

由 "when" 導出的副詞子句,不可一成不變翻譯為「當」,應視實際情況而定。

(一) 表示「兩件事情同時發生」,翻譯成中文時避免將 "**when**" 直譯為「當」,應將「當」省略

1. When you wake up tomorrow, I'll be in Rome.

   你明天醒來的時候,我已經在羅馬了。

2. The cost was less than the price of an apple when it first came out onto the market all of those years ago.

幾年前它才上市時，價錢還不如一個蘋果。

㈡ 表示「每當」(whenever)

1. When the wind blows, all the doors rattle.
   每當風吹的時候，所有的門就嘎嘎作響。
2. We don't own a car. We just rent one when we need it.
   我們沒有車。每當我們有需要的時候就租一部。

㈢ 表示「立刻」、「馬上」(as soon as)

1. I'll call you when I get there.
   我一到那裡，就會打電話給你。
2. When he heard the explanation, he became furious.
   他一聽到這個解釋，就氣憤異常。

㈣ 表示「如果」(if)，「在某種情況下」(in the event that)

1. How can you say you don't like something when you've never even tried it!
   如果你從來沒有試過，怎麼可以說不喜歡！
2. You can't complain of being lonely when you don't make any effort to meet people.
   不嘗試去認識別人，怎麼可以抱怨寂寞。

二、since

"since" 可以導出表示「時間」與「原因」的副詞子句。

㈠ 表示「時間」

1. Since I became Prime Minister, more money has been spent on the

health service.

我上任做了首相以後，就增加了醫療服務的金額。

2. Bus ridership has decreased since the fares were increased.

自從車費漲了價，坐公車的人就少了。

(二) 表示「原因」

1. Since he loves music so much, he decided to go to a conservatory.

因為他很喜歡音樂，所以他決定進音樂學院。

2. I'm not surprised you failed the exam since you did not work for it.

因為你沒有用功準備，所以我一點都不奇怪你沒通過。

三、as

"as" 可以導出表示「時間」、「原因」、「根據、正如」、「相同」的副詞子句。

(一) 表示「時間」時，與 **when, while** 的功能相彷，表示「同時發生」

1. As you read, try to pick out the main ideas of the article.

閱讀的同時，試著找出文章的重點。

2. As we become more concerned with healthy eating, we're likely to pay more and more attention to world cuisine.

隨著我們對吃得健康越來越重視的同時，我們對世界各地菜餚也可能越來越注意。

3. Romanian authorities slaughtered poultry and sent in doctors on Sunday after the deadly strain of bird flu was confirmed in the Danube delta, as officials elsewhere in Europe prepared for a possible pandemic.

多瑙河三角洲禽流感疫情經證實後，羅馬尼亞當局於週日撲殺並檢疫家禽，同時歐洲各國對此可能造成流行的疾病也展開了預防措施。

㈡ 表示「原因」時，與 because 的功能相彷。但 as 較常用在正式及書寫體

1. I've got to go now as it's time for me to get my new dresses fitted.
   因為我試新衣服的時間到了，所以必須要告辭。
2. It is best to pour the tea onto milk in the cup as this distributes the milk more evenly, and it also seems to produce a better color.
   最好是把茶倒在杯裡的牛奶上，因為這樣茶和牛奶可以混合得比較均勻，顏色也好像比較漂亮。
3. As the Social Security system is complicated, it is best to take advice to make sure you get all that you are entitled to.
   因為社會保險制度很複雜，所以最好多尋求資訊，確保自己名下所有應得的權益。

㈢ 表示「根據、正如」的子句一般較短

1. As I remember, the three adjectives applied to me most consistently throughout my early childhood were "clever", "good", and "healthy".
   我記得，幼童時期，別人最常形容我的形容詞不外乎「聰明」、「好」、「健康」。
2. As the world had witnessed, Martin Luther King's civil rights campaign had resulted in legislation against the segregationism which existed in parts of the USA well into the 1960s.
   全球都見證了金恩博士的人權運動戰勝了種族隔離主義。人權受到法律的保障，而在美國部份地區根深蒂固的種族隔離主義，也在 1960 年代後期開始走入歷史。
3. As I have already pointed out, the distinction between work and

leisure is an arbitrary one from the point of view of stress on the person.

就如我先前指出的，就對個人壓力而言，工作與休閒間的區別完全取決於個人，並沒有一定的規則。

㈣ 表示「相同」時，常用來形成比較級，可參閱第十九章比較級，㈠同級的基本句型。加強語氣時，則常在 as 前加 just, exactly, precisely 等字

1. It is as important to cultivate your silence power as your word power.
   培養靜默的能力和培養說話的能力一樣重要。
2. We can get rid of Trident missiles just as we got rid of cruise missiles.
   我們能夠像以前擺脫巡弋飛彈一樣擺脫三叉戟飛彈。
3. We do not live exactly as our parents lived but whatever we do now is only a modification of what was done before.
   我們的生活方式與我們父母親那個時代的生活方式並不完全一樣。但是不管我們現在如何生活，所有的一切，只不過把過去的方式稍做修改而已。
3. My aunt's house was so precisely as I remembered it that I felt as if no time had passed between the last time I had been inside it and the present day.
   我舅媽的房子和我記得的完全一樣，一點都沒變。這使我覺得，自從上次我來過以後，時間的腳步似乎停住了。

第二十一章
片語

英文的片語 (verbal phrases) 有六種：動名詞片語 (gerund phrases)、分詞片語 (participle phrases)、不定詞片語 (infinitive phrases)、完全片語 (absolute phrases)、介系詞片語 (prepositional phrases)、同位詞片語 (appositive phrases)。片語的功能在句中擔任名詞、形容詞、副詞。在這六類片語中，動名詞片語、分詞片語、不定詞片語涵蓋了所有片語重要的功能。因此若能掌握這三種片語翻譯的方法，翻譯其他的片語時就可以參考比照處理。現就這三類片語的翻譯討論如下。

第一節　動名詞片語 (gerund phrases)

動名詞片語的功能是當名詞。在句中主要擔任主詞與受詞。翻譯時先將其標出，充分了解文意後，再依譯文讀者的習慣作適當的翻譯。注意虛主詞與虛受詞 “it”。

1. Being alone is a state she will soon become accustomed to.

   初譯：獨處是一種狀態，她很快就會習慣。

   潤色：她很快就會習慣獨處。

2. The nurse finished taking his pulse.

   初譯：護士完成量他的脈搏。

   潤色：護士替他量完了脈搏。

3. Sending an e-mail requires little effort as compared to sending a letter.

 初譯：寄一封電子信件不需要費什麼力氣，比起寄一封信。

 潤色：與傳統的信件比較起來，寄電子信件不需要費什麼力氣。

4. It is a tedious business attending so many meetings.

 初譯：參與那麼多的會議真煩人。

 潤色：要開那麼多的會真累。

第二節　分詞片語 (participle phrases)

分詞片語的功能是當形容詞。在句子中常見的位置有三：一、置於名詞之後，不以逗點 (comma) 區隔。二、置於句首，以逗點區隔。三、置於句後，以逗點區隔。了解原文的結構後，要充分掌握原文的涵義，然後用譯文讀者習慣的流暢文句表達。

一、分詞片語置於名詞之後，不以逗點 (comma) 區隔

若片語簡短，翻譯時可用倒置法，直接將分詞片語轉變成形容詞，置於名詞之前。若結果使得譯文顯得冗長，或分詞片語本身已經繁雜，則可運用斷句法，重組並增添必要的名詞或代名詞。

1. The woman sitting on the park bench fed the pigeons.

 片語：坐在公園長凳上

 初譯：坐在公園長凳上的婦人在餵鴿子。

 潤色：婦人坐在公園長凳上，她正在餵鴿子。

2. The boy amused by the funny story asked his mother to tell more.

片語：被這個滑稽的故事引起興趣

初譯：被這個滑稽的故事引起興趣的男孩要求媽媽再講一個。

潤色：男孩被滑稽的故事引起了興趣，他要求媽媽再講一個。

3. Many Westerners think of belly dancing as a dance performed by a woman for a male audience.

片語：由婦女表演給男性觀眾看

初譯：許多西方人認為肚皮舞是由婦女表演給男性觀眾看的舞蹈。

潤色：不需潤色。

二、分詞片語置於句首，以逗點區隔

分詞片語置於句首時，必以逗點區隔與其修飾的名詞，而其修飾的名詞也必然是主要句的主詞。翻譯時先找出主詞，然後將分詞視為主要動詞翻譯。分詞片語置於句首時，常在分詞片語前增加表示時間等不同功能的副詞或介系詞。此時也都可以參考利用這種方法翻譯。

(一) 分詞片語置於句首時，必以逗點區隔與其修飾的名詞，而其修飾的名詞也必然是整句的主詞。翻譯時先找出主詞，然後將分詞視為主要動詞翻譯

1. **Pruning my trees**, I was stung by a bee.

   我在修剪樹的時候，被一隻蜜蜂刺到了。

2. **Having been covered by the flood for two weeks**, the food was completely destroyed.

   食物已經被洪水淹了兩個星期，是完全毀了。

3. **Given a five-year sentence**, he is now on probation.

   他被判五年，現已假釋。

4. **Thrown into ships in West Africa**, many Africans did not live to see America.

許多非洲人在西非被拋進船裡後，並未能活著到美國。

㈡ 分詞片語置於句首時，常在分詞片語前增加表示時間等不同功能的副詞或介系詞形成動名詞片語，也都可以用這種方法翻譯

1. Instead of **dealing mainly with explanations of how personality develops**, humanistic psychologists concentrate on how personality should develop.

   人文心理學家專注於個性應如何發展，而非解釋個性如何發展。

2. When **faced with a serious health problem**, you should get at least three medical opinions.

   （當你）面對嚴重的健康問題時，尋求至少三個醫藥專業意見。

3. After **encountering inferior service, food or products**, you should bring it to the attention of the person in charge. Good managers will appreciate knowing.

   （在你）遭遇到品質不佳的服務、食物、產品時，向主管人員舉發。優良的主管人員會很高興知道。

三、分詞片語有時置於句後，以逗點區隔。此時也可視情況參考用這種方法翻譯

1. Younger people are often hesitant to talk to older relatives and friends about a drinking problem, **assuming that the elder are too set in their ways to recover**.

   年紀較輕的人，常假設年長者習性已定，很難更改，因此猶豫不願和較年長的親友談論酗酒問題。

2. Sweden has become a buy, use and throw-away society, **following the American pattern**.

   瑞典跟隨美國的榜樣，已經成為一個買、用、扔的社會。

3. The role of society is to encourage and support individual growth, **giving maximum freedom to express one's inner tendencies**.

——Jonathan L. Freedman. *Introductory Psychology*

社會扮演的角色是賦予每個人絕對的自由去表達內在的性向，由此鼓勵並支持每個人的成長。

第三節　不定詞片語 (infinitive phrases)

不定詞片語的功能有三：名詞、形容詞、副詞。翻譯的時候，先明辨它在句中的功能，若為名詞，可以參照翻譯動名詞片語的方法；若為形容詞，則可參照翻譯分詞片語的方法。

一、名詞

不定詞片語擔任名詞功能時，可以參照翻譯動名詞片語的方法處理。注意虛主詞與虛受詞 "it"。

1. To wait seemed foolish when decisive action was required.

   初譯：等候似乎愚蠢，當需要明確果斷行動的時候。

   潤色：需要明確果斷行動的時候，卻採取等候的態度，似乎愚蠢。

2. It is sometimes difficult for a teacher to persuade a student to work hard.

   初譯：要說服學生用功讀書，有時不太容易，對老師來說。

   潤色：對老師來說，要說服學生用功讀書，有時不太容易。

3. Many students find it difficult to study without their radios blaring.

   初譯：許多學生發現沒有把收音機開到最大聲很困難讀書。

潤色：許多學生發現沒有震耳欲聾的收音機陪伴，很難讀書做功課。

二、形容詞

不定詞片語擔任形容詞功能時，常緊跟在所修飾的名詞之後，可參照翻譯分詞片語的方法處理。注意：不定詞片語置於句首時，常表示目的，因此可以改以副詞的方式處理。

1. Any attempt to redress the situation backfired.
   任何要改善狀況的嘗試都宣告失敗。
2. To buy a basket of flowers, John had to spend his last dollar.
   初譯：為了要買一籃花，約翰必須將他最後一塊錢花完。
   潤色：約翰用掉了所有的錢買了一籃花。
3. To improve your writing, you must consider your purpose and audience.
   初譯：為了改進你的寫作，你必須考慮你的目的和讀者。
   潤色：寫作時，你必須把目標和讀者放在心裡，才可以使自己的文章更上一層樓。
   注意："audience" 可以解釋為讀者或聽眾，要根據上下文來決定。

三、副詞

不定詞片語擔任副詞功能時，若能以 "in order to" 來替代，則表示目的。

1. Socrates drank poison to end his life. (in order to end his life)
   初譯：蘇格拉底喝毒藥來結束生命。
   潤色：蘇格拉底服毒自殺。
2. He wrote a letter to solicit funding. (in order to solicit funding)
   初譯：他寫了一封信，請求資金。

潤色：他寫了一封信，懇求捐款。

3. He jumped out of the window to escape the fire. (in order to escape the fire)

   初譯：他跳出窗口逃避火。

   潤色：著火了，他從窗口跳出去逃命。

4. Three specimens for each sample to be tested are required to arrive at a satisfactory average of performance. (in order to arrive...)

   初譯：每一個受測試的樣本，需要三個檢體，為了要達到滿意的平均效能。

   潤色：要達到滿意的平均效能，每一個受測試的樣本，需要三個檢體。

5. Politicians who believe they have to craft every position to win will lose. (in order to win)

   初譯：相信為了贏得勝利必須用詭計精心設計各種狀況的政客將會失敗。

   潤色：許多政客相信，為了贏得勝利，他們必須用詭計精心設計各種有利於他們自己的狀況。這樣的政客注定會失敗。

第二十二章
長句的翻譯

英文長句的形成主要的原因有四：一、含子句。二、含片語。三、含並列的句子。四、同時含子句、片語、並列的句子。其中尤以第四類的長句最為複雜。遇到複雜的長句，需要定下心來，按照翻譯的四個步驟來翻譯：㈠閱讀：分析句子，以便充分了解文義。㈡粗譯。㈢精譯：運用各種翻譯技巧使譯文流暢。㈣整合與潤色：站在讀者的立場，提供通暢易懂的譯文。以下舉數例說明。

1. Prior to the twentieth century, **women** in novels **were** stereotypes of lacking any features that made them unique individuals and **were** also subject to numerous restrictions imposed by the male-dominated culture.

㈠ 閱讀：分析句子

A. 主詞與動詞

主詞是 **women**；動詞是兩個 **were**。

B. 句中主要修飾語句

(a) that made them unique individuals 修飾 features：這些特性使她們成為獨特個體。

(b) imposed by the male-dominated culture 修飾 numerous restrictions：男性文化主導下的許多壓迫性規定。

注意：各類形容詞片語都緊跟在所修飾的名詞後面。

㈡ 粗譯

二十世紀以前小說中的婦女，都是缺乏任何使她們成為獨特個體特性的刻板典型。二十世紀以前小說中的婦女受到男性文化主導下的許多壓迫性規定的約束。

㈢ 精譯

二十世紀以前小說中的婦女，都是刻板典型，缺乏個別的特性，因此不能成為獨立的個體。她們都受到男性文化主導下的許多具壓迫性的約束與規範。

㈣ 整合與潤色

二十世紀以前小說中的婦女，受到男性強勢文化主導下許多壓迫與約束，被壓縮成一種刻板模式，而非具有個人特質的獨特個體。

2. **We** **are** part of a universe that cannot be understood through accumulated knowledge or observation, which make us cleverer but not wiser.
——Leo Tolstoy. *The Death of Ivan Ilych*

㈠ 閱讀：分析句子

A. 主詞與動詞

主詞是 **We**；動詞是 **are**。

B. 句中主要修飾語句

that cannot be understood through accumulated knowledge or observation, 修飾 universe：一個不能經由累積知識或經由觀察了解的宇宙。

which make us cleverer but not wiser 修飾 accumulated knowledge or observation：知識累積或觀察只能使我們更聰明但不能使我們更有智慧。

㈡ 粗譯

我們是宇宙的一部分。宇宙不能經由知識累積或經由觀察了解。知識累積或觀察只能使我們更聰明但不能使我們更有智慧。

㈢ 精譯

累積知識或累積觀察只能使人們更聰明但不能使人們更有智慧。人們生活的宇宙需要智慧才能了解。

3. **They have made**, if not a financially profitable marriage—since neither had possessed any worldly goods to speak of—at least a successful one in the sense of their everlasting devotion to each other.

——Bernard Malamud. *The Magic Barrel*

㈠ 閱讀：分析句子

A. 主詞與動詞

主詞是 **They**；動詞是 **have made**。

B. 受詞

a successful one in the sense of their everlasting devotion to each other

C. 句中主要修飾語句

since neither had possessed any worldly goods to speak of 註解與說明 not a financially profitable marriage：因為雙方都無值得一提的世俗財物。

㈡ 粗譯

就至死不渝的相互扶持與關懷而言，他們至少達成了一個成功的婚姻，如果不是一個有經濟利益的婚姻——因為雙方都無值得一提的世俗財物。

㈢ 精譯

他們的婚姻如果並沒有經濟利益——因為雙方都無值得一提的世俗財物——但至少就至死不渝的相互扶持與關懷來說，他們的婚姻是成功的。

㈣ 整合與潤色

他們的婚姻如果以經濟效益的觀點來看，則並無可取之處，因為雙方都無值得一提的世俗財物。但至少就至死不渝的相互扶持與關懷來說，他們的婚姻是成功的。

4. **One** of the difficulties in carrying out a world-wide birth control program **lies in** the fact that **official attitudes** to population growth **vary** from country to country depending on the level of industrial development and the availability of raw materials.

㈠ 閱讀：分析句子

A. 主詞與動詞

主詞是 **One**；動詞是 **lies in**。

B. 句中主要修飾語句

that official attitudes...raw materials 修飾 the fact。這個形容詞子句很長，因此可以再分析。

(a) 找出主詞與動詞：主詞是 official attitudes；動詞是 vary。

(b) 找出各類修飾詞：depending on the level of industrial development and the availability of raw materials 修飾主詞 official attitudes：官方態度依賴工業化的程度與取得原物料的能力。

㈡ 粗譯

一個實施全球人口生育控制計畫的困難是各國對人口成長的官方態度因為工業化的程度與取得原物料的能力不同而有差異。

㈢ 精譯

實施全球人口生育控制計畫有一個困難。因為各國工業化的程度與取得原物料的能力不同，因此各國對人口成長的態度也就不同。

5. His most **cherished aim** **is** to serve the Islamic government by giving people the right to choose it—a concept that is dangerously revolutionary to hard-liners who believe in imposing it by diktat.

——Scott MacLeod and Azadeh Moaveni, "Iran's New Revolutionary", *Time*, June 12, 2000

(一) 閱讀：分析句子

A. 主詞與動詞

主詞是 **cherished aim**; 動詞是 **is**。

B. 主詞補語

to serve the Islamic government by giving people the right to choose **it**: 藉由賦予人民權力去選擇政府來為伊斯蘭政府服務。

C. it 指 the Islamic government: 伊斯蘭政府。

D. 句中主要修飾語句

a concept that is dangerously revolutionary to hard-liners **who believe in imposing it by diktat**: 這個子句很長，可以再分析。

(a) that is dangerously revolutionary to hard-liners 修飾 a concept: 這個觀念對強硬派人士來說是危險的改革。

(b) **who believe in imposing it by diktat** 修飾 hard-liners：強硬派的人士相信伊斯蘭政府應由獨裁者決定。

(二) 粗譯

他最希望達成的目標是藉由賦給予人民權力去選擇政府來為伊斯蘭政府服務。這個觀念對強硬派的人士來說是危險的改革。強硬派的人士相信伊斯蘭政府應由獨裁者決定。

㈢ 精譯

賦予人民權力選擇屬於自己的伊斯蘭政府，這是他最希望達成的目標，也是他自認能提供給政府最好的服務。但強硬派卻認為，伊斯蘭政府應由獨裁者決定一切，人民應無條件絕對服從。因此，他們認為他的改革理念是一種危險的反動思想。

第二十三章
文學作品的翻譯：詩

英國學者 T. H. Savory 在 *The Art of Translation* 提到，翻譯理論有時是矛盾的。以翻譯詩為例，翻譯詩，有人認為應該翻得像散文，有人認為應該翻得像詩。見仁見智，沒有定論。

林語堂在〈論譯詩〉一文中提到，詩之所以為詩有兩個要件：一為練詞精到，二為意境傳神。中文英文的詩道理相同。翻譯詩的時候，可以用韻，但是普遍說來，還是不用韻妥當。只要文字好，仍有抑揚頓挫，仍可保存風味。但是如果因為要叶韻，加了一層周折，導致失真，反而不好。韋烈 (Arthur David Waley, 1889–1966) 是英國著名的漢學家、翻譯家，他曾將多種中國古典文學譯成英文，包括《論語》、《道德經》、《詩經》。在 *Translations from the Chinese* (New York: Knopf, 1941) 的序言裡他提到，他翻譯詩不用韻，因為他認為詩的內容和涵義比韻重要，不可因韻害義，這點倒是和林語堂的看法，不謀而合。

美國語言學家奈達 (Eugene A. Nida) 認為，翻譯的首要任務是重現原文要傳達的訊息。運用「對等」的方法，而非「同等」的方法，使原文的精神重現。每一種語言都有其獨特性，所以翻譯時要尊重譯入語。好的譯文讀起來不應該像譯文，而是要像譯文讀者的本國語文。為了使譯文讀者讀完譯文後，可以獲得和原文讀者讀完原文後同樣的感受，譯者可以更改原文表達的方式，達到「對等」的效果。

綜合以上各學者的意見，可以得到一個結論。翻譯詩可以用韻，可以不用。但是以不用韻比較好。雖然不用韻，但是不可以失掉文字自然的抑揚頓挫。翻譯詩的時候，要運用「對等」的方法，使原詩的內容和涵義重現，不可失真。

有了這個結論，就可以著手譯詩了。如果是一首從未有人翻譯過的詩，則可遵循翻譯的步驟翻譯。通常一首膾炙人口的詩，尤其是已經流傳了一段時日的好詩，必然有先賢已經試筆，這時不要放棄。一本好書、一篇好文章、一首好詩，常隨時代的不同，譯者的不同，而有不同的風貌。因此可以先檢閱先賢的譯作，以探討的精神，根據他們的經驗，去蕪存菁，減少錯誤，並思考是否有新的呈現方法，而非剽竊或攻訐。

現以英國詩人 A. E. Housman 的小詩 “When I was One-and-Twenty” 為例說明。

When I was One-and-Twenty

1 When I was one-and-twenty
2 I heard a wise man say,
3 “Give crowns and pounds and guineas
4 But not your heart away;
5 Give pearls away and rubies
6 But keep your fancy free.”
7 But I was one-and-twenty,
8 No use to talk to me.

9 When I was one-and-twenty
10 I heard him say again,
11 “The heart out of the bosom
12 Was never given in vain;
13 ’Tis paid with sighs a plenty
14 And sold for endless rue.”
15 And I am two-and-twenty,
16 And oh, ’tis true,’ tis true.

一、閱讀

翻譯任何一類文章，第一步要閱讀。翻譯文學作品除了要仔細閱讀外，更要了解作者的背景和思想體系。因為文學作品是一種強烈表達作者個人思想與感受的文章，了解作者寫作的背景、動機等一切有助了解該文章的資料，翻譯時才能更忠實反映原貌。詩，無可諱言是一種文學作品，因此不能例外。此詩作者霍思曼 (A. E. Housman, 1859–1936) 是位教授拉丁古典文學的英國學者。1896 年他出版了詩集《薛鄉一青年》(*A Shropshire Lad*)。書中以一個鄉村青年的口吻，敘述當地鄉民日常生活的喜怒哀樂。詩集用字不尚雕琢，音律優美，一出版就獲得好評，他也以此在英國文學史上佔了一席之地。“When I Was One-and-Twenty”〈二十一歲的時候〉是其中的一首。該詩以輕快的節奏，傳達青少年略帶憤世嫉俗的失戀心情，讀來沒有沉重感，卻別有一種趣味。(William Harmonm, ed., *The Top 500 Poems*. New York: Columbia, 1992)

二、粗譯或探討先賢的譯作

探討張振玉、彭鏡禧、葉淑霞、金陵的譯作。

(一) 當時年歲小　張振玉譯

1　當時年歲小
2　曾聞智者言
3　金錢可不要
4　真情莫棄捐
5　珠寶可拋掉
6　幻想要保全
7　當時年歲小
8　聽來只似秋風過耳邊

9　當時年歲小

10　又聞智者言

11　相交見肝膽

12　忠義不徒然

13　虛偽似雲煙

14　落得恨綿綿

15　如今年漸長

16　噫，曰然，曰然

探討

第一行譯為「當時年歲小」。由原文第十五行可以知道，自白者敘述這段往事時是二十二歲。對於二十二歲的人來說，二十一歲並不是一個「年歲小」的年齡。譯者將二十一歲譯為「當時年歲小」，給人白髮老翁訴說少年往事的感受，與原文要傳達的訊息不太吻合。

原詩 "fancy" 和 "heart" 都是指愛情。譯者將 "heart" 譯為「真情」、「肝膽」、「忠義」；將 "fancy" 譯為「幻想」，又添加了原文沒有的「虛偽似雲煙」，因此把主題變成「朋友相交之道」，偏離了原文的主題：愛情。

最後一句的感嘆用「噫，曰然，曰然」來表示，少了鄉村青年的樸實與平凡，多了老成的學究味，與原文的風格迥異。

整體而言，原詩的自白者是位來自鄉村的樸實青年，用字淺近。譯詩中的自白者是位飽讀詩書的老人，措辭古雅。原詩描述的是個二十二歲青年失戀後似是而非的感嘆。因為他年輕，所以才顯得他似是而非的感嘆有趣。譯詩中的感嘆則發自一個有了年歲的老人。相同的感嘆由老人口中發出，與由年輕人口中發出，給人的感受已經截然不同，更何況這位老先生感嘆的事情，與原詩要感嘆的頗有距離。原詩從頭到尾只感嘆一件事：愛情。譯詩感嘆的則並不十分清楚，第一段要人珍惜「真情」和「幻想」，第二段則教人相交要講「忠義」不可「虛偽」。說話的人身分年齡不同，感嘆的事情不同，讀者無法在譯詩中感受到原詩作者要表達的訊息。

㈡ 那年我二十一歲　彭鏡禧譯

1　那年我二十一歲，
2　智者告誡諄諄：
3　「金銀錢財可拋開，
4　這顆心要保存；
5　珍珠寶貝可割捨，
6　別做愛的夢想。」
7　但是我二十一歲，
8　講了也是白講。

9　那年我二十一歲，
10　又聽到他在說：
11　「若是把心掏出去，
12　一定會有結果；
13　代價是聲聲喟嘆，
14　報酬是追悔無期。」
15　如今我二十二歲，
16　啊呀，有理，有理。

探討

第一行譯文「那年我二十一歲」。將 “When” 譯為「那年」，不落窠臼。但對於二十二歲的人來說，指二十一歲為「那年」，時間的距離拖得長了些。霍思曼要傳達的是二十二歲失戀後立即的心理反應，而非事隔多年經過沉澱後的心理狀態。因此「那年」在此用得不太妥當。

第二行譯文「智者告誡諄諄」。「諄」字有「叮嚀告諭，懇切勸導」的意思，也有「教學不厭倦」的涵義。若按譯文的意思回譯成英文應是 “A wise man told me sincerely.” 或 “A wise man told me repeatedly.” 或 “I heard a wise man kept on telling me that....” 但原文並無任何加強語氣的字，只是簡單地說 “I heard a wise man say”。將一個簡單的 “say” 字譯為「告誡諄諄」稍嫌重了些。

第三、四行：「金銀錢財可拋開，這顆心要保存」。若將「保存」更改為「珍藏」，則更能符合原詩的文意。「保存」是「保管收存」。「珍藏」則是「珍重保藏」。「保存」較消極。「珍藏」多了一分情意，所以較積極。原文的涵義是「心比金錢更貴重，所以應該比金錢更寶貝，不可輕易給別人。」用「珍藏」較「保存」更能表達「重視」的積極涵義。

第六行的 “fancy” 指的是一種狂熱的愛，是一種積極的感情，而非消極的夢想。將 “keep your fancy free” 譯為「別做愛的夢想」與原文的涵義「別讓你狂熱的愛找到固定的目標不再自由」有了差距。

第七行譯文「但是我二十一歲」，去除了不恰當的「那年」兩字，符合了原文的涵義。第八行譯文「講了也是白講」，極為生動自然，也配合自白者的身分與口吻。

第十行的 “again” 更肯定了在第一段，智者並未對年輕人告誡諄諄。因為當年輕人再度聽到智者說話的時候，智者並非重複第一段的話，而是接著第一段的話講下去。第十行譯文「又聽到他在說」，「在」字似屬贅字，若能刪除，比較流暢。

原文第三、四行 “Give...your heart away” 與第十一行 “The heart out of the bosom” 都是「愛得失魂落魄，神魂顛倒」的意思，但譯文只是把 “Give... your heart away” 簡譯為「這顆心要保存」，把 “The heart out of the bosom” 直譯為「若是把心掏出去」。這樣營造出來的意境，就和原文有了差距。因為「心」對中文讀者來說，可以有很多涵義，如「良心」、「赤子之心」、「好惡之心」等等。「這顆心要保存」可以解讀為「要保存這顆良心、赤子之心、好惡之心」等等。而朋友相交又常以「掏心掏肺」形容，因此「若是把心掏出去」可以解讀為「與朋友交，不可掏心掏肺」。

最後一句譯文結尾「啊呀，有理，有理。」譯得極為生動。

彭鏡禧先生的譯文整體上非常能夠傳達原文的趣味，用字生動而且平易近人。只是部分練詞不夠精到，影響了意境。

㈢ 當我二十一歲時 葉淑霞譯

1 當我二十一歲時
2 曾聽一位智者說，
3 「放棄冠冕，金錢和金幣
4 但別失去你的心；
5 把珍珠和紅寶石拋掉
6 但是不要隨便喜歡一個人。」
7 當我二十一歲時，
8 對我說這些沒有用。

9 當我二十二歲時
10 我又聽他說，
11 「胸臆深處的心
12 永遠不該白白付出；
13 用許多嘆息償付
14 而以無限悔意出賣。」
15 我現在二十二歲，
16 啊，有道理，有道理。

探討

譯者直譯第一行為「當我二十一歲時」，似乎拘謹了些。若無音律節奏的考慮，「當」字可以省略，而更簡單平實地譯為「我二十一歲時」或「二十一歲時」。

第三行 “crown” 是英國錢幣的單位，1971 年才廢止。雖然 “crown” 也有冠冕的意思，但第三行提到的其他字，如 “pounds”、“guineas” 全是錢幣的單位。而且 “crown” 指冠冕時，常用單數，並在前面加 “the” 以表示國王或統治者的身分。因此 “crowns” 在此處譯為「冠冕」不妥。

“heart” 在第四行的涵義是「愛情」。第三、第四行的涵義是「寧可不要金錢，也不要愛上別人。」譯文未能清楚點明 “heart” 愛情的涵義，只簡單地譯作「放棄冠冕，金錢和金幣，但別失去你的心」，極易令譯文讀者將句中的「心」，誤以為指的是道義之心。因為中國傳統文化，常把財富和良心並提，例如「為富不仁」。

譯文第五、六行「把珍珠和紅寶石拋掉，但是不要隨便喜歡一個人」與原文「珍珠和紅寶石可以拋掉，但是不可隨便喜歡一個人」的涵義有差異。原文是選擇性的。「財物與愛情兩者選擇，可以放棄財物給別人，但不可把愛情給別人。」譯文則是命令式。命令他人「把財物拋掉，但也不可愛上別人」。

第十一行至十四行原文涵義是「心不會平白付出」，因為「把心付出」以後，要用「許多嘆息，無限悔意」作為代價。譯文的涵義則是，「胸臆深處的心，永遠不該白白付出」，應該「用許多嘆息償付，而以無限悔意出賣」。前者有一種不情願，後者則是理所當然。只差一字，但文意則差遠了。

葉淑霞女士將 “...keep your fancy free” 譯作「不要隨便喜歡一個人」，較張振玉先生的「幻想要保全」，彭鏡禧先生的「別做愛的夢想」忠於原文。但整體的譯文較拘泥，且有多處文意與原文有差距。

㈣ 當我年方二十一　金陵譯

1　當我年方二十一，
2　我聽一位聰明人說起：
3　「可以把金錢任意捨棄，
4　但別把心兒讓人採擷；
5　可以把珍珠寶石捨棄，
6　但別讓情絲將你牽繫。」
7　但我年方二十一，

8 說此話對我無益。

9 當我年方二十一，
10 那位聰明人又向我說起：
11 「如果你把心兒獻出，
12 你再也不像往日那樣歡喜；
13 此後你將天天嘆息，
14 並且悔恨不已。」
15 現今我已超過二十一，
16 他的話確實有益，確實有益。

探討

第二行 "wise man" 指有分析、判斷、創造、思考能力的人，這樣的人，中文的同義字是「有智慧的人」。「聰明人」指的是「天資靈敏、學習能力強、理解力高、伶俐的人」。因此將 "wise man" 譯為「聰明人」不是很精確。

第十五行 "And I am two-and-twenty" 明確指出是二十二歲。這個時間點非常重要。因為這一年，作者剛經歷了初戀和失戀。他的感受是非常直接的，是沒有經過修飾或沉澱的。更重要的是，二十二歲還是非常年輕、青澀的年歲，但他卻自認為對愛情已經了解透徹。除了優美的音律，不尚雕琢的用字，全詩內容最吸引人的地方，大概就是結尾的這兩句了。可能為了和下一句「他的話確實有益，確實有益」叶韻，譯者將這句改譯為「現今我已超過二十一」。但修改的結果，犧牲了重點。因為「超過二十一」不一定是二十二，也有可能是二十三、二十四、二十五等等。時間點不同，給讀者的感受也就完全不同了。這也就是林語堂主張的「如果因為要叶韻，加了一層周折，導致失真，反而不好」。

除了這兩個小小的瑕疵外，金陵先生第四、六、十一、十二句的翻譯，運用「對等」的方法，而非「同等」的方法，使原文的精神重現，使譯文讀者讀完譯文後，獲得和原文讀者讀完原文後同樣的感受，令人激賞。

三、翻譯

探討了先賢的譯作後，可以思考，是否可以根據他們的經驗，去蕪存菁，減少錯誤，嘗試以不同的呈現方法，來翻譯原作。

二十一歲的時候

1　二十一歲的時候
2　我聽一位智者說：
3　「金銀錢財可以扔棄，
4　情網可不能墜進。
5　珍珠玉石可以捐捨，
6　愛河可不能輕涉。」
7　我二十一歲
8　這些話只是耳邊風。

9　二十一歲的時候
10　我又聽這位智者說：
11　「墜進了情網，
12　後果屢試不爽。
13　那是，
14　聲聲嘆息，無盡懊悔。」
15　現在我二十二歲
16　啊！真對，真對。

把中文的文學作品，翻譯成英文的原則相同。但如果是古典文學，必須先翻成白話文。但因年代久遠，文章或文字的詮釋，常有不同的意見，這時可以檢視詮釋者的學經歷，以及出版社的信譽，然後採用最可信的版本。如果選擇了錯誤的詮釋，所有英譯的功夫就白費了。現以《詩經・鄘風・柏舟》為例，說明如下：

柏舟

泛彼柏舟，在彼中河(1)。髧(2)彼兩髦(3)，實維我儀(4)。之死矢(5)靡它(6)，母也天只(7)，不諒人只！

泛彼柏舟，在彼河側。髧彼兩髦，實維我特(8)。之死矢靡慝(9)，母也天只，不諒人只！

一、閱讀

這首詩一般有二種解釋。第一種認為是衛國世子共伯早死，他的妻子共姜的父母逼共姜改嫁，共姜寫了〈柏舟〉發誓不改嫁（教育部重編國語辭典修訂本）。第二種認為是女子自己選擇了結婚的對象，當母親要她另外婚配時，表明心意的作品（糜文開、裴普賢，《詩經欣賞與研究》，臺北：三民，民 67）。一般都採取第二種解釋。

(1) 中河：河中。
(2) 髧（音旦）：頭髮下垂狀。
(3) 髦（音毛）：剪髮齊眉，從頭頂開始左右分開。
(4) 儀（古音讀俄）：匹配。
(5) 矢：誓。
(6) 靡它：無他心；靡：無。
(7) 只：語助詞。
(8) 特：配偶。
(9) 慝（音特）：邪惡，惡念，引申為變心。

（翻譯為白話文）

柏舟

1　在河中划著柏木船的那個人
2　頭髮從中間分開垂在額頭
3　他就是我選擇的對象
4　我發誓對他至死不渝
5　母親啊！老天啊！
6　你們怎麼不了解呢?

7　在河邊划著柏木船的那個人
8　頭髮從中間分開垂在額頭
9　他就是我理想的夫婿
10　我發誓對他至死不渝
11　母親啊！老天啊！
12　你們怎麼不了解呢?

二、粗譯或探討先賢的譯作

Bo Zhou　James Legge

1　It floats about, that boat of cypress wood,
2　There in the middle of the He.
3　With his two tufts of hair falling over his forehead,
4　He was my mate;
5　And I swear that till death I will have no other.
6　O mother, O Heaven,
7　Why will you not understand me?

8　It floats about, that boat of cypress wood,

9 There by the side of the He.

10 With his two tufts of hair falling over his forehead,

11 He was my only one;

12 And I swear that till death I will not do the evil thing.

13 O mother, O Heaven,

14 Why will you not understand me?

探討

理雅各 (James Legge, 1815–1897) 本是位蘇格蘭籍的傳教士，於 1839 年到達中國傳教，1843 年他前往香港，並在那裡居住了三十年。這段期間，他將《聖經》譯成中文，並潛心研究中國經書。回英國後，任教於牛津大學，並致力中國古典經書的翻譯長達二十年，是十九世紀著名的漢學家。但他的譯文離開現在已超過了一百年，翻譯的理論，譯文讀者的用字習慣，都有了改變，因此值得探討。

第二句「在彼中河」，句中的河，原指黃河。一般翻譯專有名詞，如人名、地名，都音譯，但普通名詞則意譯。理雅各將「河」當普通名詞處理，但卻音譯為 "He"，這使譯文讀者誤認，中國有一條名叫「河」的河。

第四句「實維我儀」，「儀」是「可以匹配的對象」。"mate" 本指配偶，而且是好配偶。(*Webster*, 1969) 但這個字近年在美國常被用來影射為性伴侶 (*Oxford*, 2000; *MacMillan*, 2002; *Encarta*, 1999)。

第十二句「之死矢靡慝」，原句的涵義是「我就是到死也不會做變心這樣邪惡的事」。譯文 "till death I will not do the evil thing" 的涵義是「到死我才會做邪惡的事」。

三、翻譯

The Cypress Boat (Bo Zhou)

1 My love is that boy

2 who is drifting in the cypress boat on the river;
3 On both sides of his forehead his bangs hang over.
4 He is the one I have chosen;
5 He is the one I have vowed to be true to,
6 A vow even death will not warp.
7 Oh, God, Oh, Mother,
8 How can you be so heartless to my ardor?

9 My love is that boy
10 who is drifting in the cypress boat along the shore;
11 On both sides of his forehead his bangs hang over.
12 He is the one I have chosen;
13 He is the one I have vowed to be faithful to,
14 A vow even death will not warp.
15 Oh, God, Oh, Mother,
16 How can you be so heartless to my ardor?

第二十四章
演講詞的翻譯

演講詞是一種作者表達個人思想與感受，以及說服聽眾接受這種思想與感受的語言表達。因此翻譯演講詞時，翻譯的單位要小，以便忠於演講者，但另一方面，翻譯的單位要大，以便能達到感動、說服聽眾的目的。好的演講詞常具備下列幾種特質：1.演講的標題醒目，吸引人。2.內容言之有物，不陳腔濫調。3.結構段落分明。4.句子簡短。5.引用耳熟能詳的成語或名人語句。6.善用意象或具強化效果的形容詞。7.運用各類對比，如字句、時間、地點、人物等。8.運用平行的句型。9.重複字句。10.押韻、文字流暢、具自然的抑揚頓挫。總觀這十點的目標，不外乎使聽眾容易了解、容易印象深刻、進而容易接受。因此，成功的演講詞翻譯，除了內容正確無誤外，還要能呈現優良演講詞的特質，令譯文聽眾容易了解、容易印象深刻、進而容易接受。為了達成這項任務，譯者必須了解原文聽眾與譯文聽眾間的不同，如文化背景與習俗，地理環境與歷史傳統，文句結構與發音等，以便在翻譯時作必要的調整。調整的一般原則是化長句為短句、化模糊為清晰、化陌生為熟悉。此外，譯者更要注意演講詞整體的結構、句型的對稱、詞彙的配合、行文的流暢、口語的抑揚頓挫等組成一篇優良演講詞的各種要素。

一、化長句為短句

1. I am happy to join with you today in what will go down in history as the greatest demonstration for freedom in the history of our nation.

——Martin L. King, Jr. “I Have a Dream”

㈠ 初譯

我很高興今天能和大家一起來參加這個必將成為我國歷史上最偉大為爭取自由而舉行的遊行。

㈡ 評

句型冗長。聽眾不容易掌握長句內容。

㈢ 改譯

今天，我很高興和大家一起來參加這個為爭取自由而舉行的遊行。這個遊行，一定會成為我國歷史上，爭取自由最重要的里程碑。

2. Five score years ago, a great American, in whose symbolic shadow we stand today, signed the Emancipation Proclamation. This momentous decree came as a great beacon light of hope to millions of Negro slaves, who had been seared in the flames of withering injustice. It came as a joyous daybreak to end the long night of their captivity. But one hundred years later, we must face the tragic fact that the Negro is still not free.

——Martin L. King, Jr. "I Have a Dream"

㈠ 初譯

一百年前，一位偉大的美國人簽署了解放黑奴宣言。今天我們就是在他的雕像前集會。這一莊嚴宣言⑴猶如燈塔的光芒，給千百萬在那摧殘生命的不義之火中受煎熬的黑奴帶來了希望。⑵它之到來猶如歡樂的黎明，結束了⑶束縛黑人的漫漫長夜。但在一百年後，我們必須面對一個悲慘的事實，那就是黑人仍不自由。

㈡ 評

(1) momentous 是「影響深遠」。

(2) 句型冗長。聽眾不容易掌握長句內容。

(3) 原句 to end the long night of their captivity 不是完成式。不定式常表示未來。由下面接的句子 But one hundred years later, we must face the tragic fact that the Negro is still not free. 也可以知道，這裡不可能是完成式。

(三) 改譯

一百年前，一位偉大的美國人簽署了解放黑奴宣言。今天，我們就在他的雕像前集會。這個意義非凡的宣言，對千千萬萬在水深火熱中煎熬的黑奴來說，真如燈塔發出的巨大光芒，為他們帶來了希望。這個非凡的宣言，對那些黑奴來說，真如歡樂的黎明，即將結束他們痛苦的漫漫長夜。然而一百年後的今天，我們必須面對一個悲慘的事實，那就是黑人仍然遭受不公正的束縛與欺壓。

二、化模糊為清晰

1. Yet, for the person who is indifferent, his or her neighbors are of no consequence. And, therefore, their lives are meaningless. Their hidden or even visible anguish is of no interest. Indifference reduces the other to an abstraction.

——Elie Wiesel. “The Perils of Indifference”

(一) 初譯

然而，對於冷漠的人而言，他們的鄰居並不重要。因此，他們的生命是毫無意義可言。他們所隱藏或顯而易見的痛苦也引不起任何興趣。冷漠把別人降低到一個抽象的境界。

(二) 評

「他們」可能指的是「冷漠的人」，也可能是「鄰居」。可以用重複的方法增加聽眾的印象。

(三) 改譯

但是，對一個冷漠的人而言，除了他自己以外，別人都不重要。因此，別人的生死毫無意義。別人看得見，看不見的痛苦，對他來說，也沒什麼意思。冷漠把別人都矮化成一個沒有真實血肉的抽象名詞。

2. In the skies today we saw destruction and tragedy. Yet farther than we can see there is comfort and hope.

——George W. Bush. "On Space Shuttle Columbia Tragedy"

(一) 初譯

在今天的天空，我們看到的是毀損和悲劇。但在我們看不見的更遠處，將是安逸和希望。

(二) 評

聽眾不容易掌握「但在我們看不見的更遠處」的涵義。可以用對比的方式使譯文聽眾容易了解。

(三) 改譯

在今天的天空，我們看到的是毀損和悲劇。但在明天的天空，我們看到的將是安逸和希望。

三、化陌生為熟悉

1. For I have sworn before you and Almighty God the same solemn oath our forebears prescribed nearly a century and three quarters ago.

——John F. Kennedy. "Inaugural Address"

㈠ 初譯

因為我已在你們和全能的上帝面前，作了跟我們祖先將近一又四分之三世紀以前所擬定的相同的莊嚴誓言。

㈡ 評

「一又四分之三世紀」不合中文表示數字的習慣。

㈢ 改譯

因為我已在你們和全能的上帝面前，發了一個嚴肅的誓言。這個誓言，是我們祖先大約在一百七十五年以前擬定的。

2. It was we, the people; not we, the white male citizens; nor yet we, the male citizens; but we, the whole people, who formed the Union.

——Susan B. Anthony. "On Women's Right to Vote," 1873

㈠ 初譯

我們這些人，不是我們白種男性公民，不是我們男性公民，而是我們所有的人，組成了聯邦。

㈡ 評

對中國聽眾來說，「美國」是比「聯邦」熟悉的名詞。「白種男性公民」與「男性公民」無法形成強烈對比，缺乏層次感，而且口語表達時，沒有節奏感。全句譯文可以用重複和對比的方法增加清晰度和強度。

㈢ 改譯

美國是我們全體人民共同組成的。美國不只是白色膚種的男性組成的。美國也不只是各類膚色的男性組成的。美國是我們所有的人——男人和女人，不分膚色——一起組成的。

第二十五章
說服性著作的翻譯

說服性的著作如笑話、幽默作品、宣傳、廣告、用品指南等，它們的特點是以讀者為主，作者並不重要。例如笑話，重點是讀者看了以後會不會笑，作者是誰，並不重要。又如用品指南，重點是讀者看了以後會不會使用，作者是誰，並不重要。因此翻譯這類著作時，翻譯的單位可以拉大。也就是說，譯者有較大的自主權。只要翻譯的作品，能滿足讀者預期的要求，就是好作品。反之，就是壞作品。以下是具體的例子。

一、諧音

許多笑話、幽默作品是由諧音構成。由諧音構成的幽默作品，翻譯時，常常很難獲得「對等」的效果。下面是二個例子。

1. 十七世紀英國著名劇作家及詩人德萊敦（John Dryden，1631–1700），認為他的妻子愛說謊，所以寫了一首打油詩，預備妻子死後，作為她的墓碑題詞：

   Here lies my wife: here let her lie!

   Now she's at rest, and so am I.

lie 有兩個涵義：「說謊」與「躺下」。但在中文裡卻沒有一個字同時有這兩個涵義。又因為作者是英國著名的文人，翻譯時不能任意更改原文，使得翻譯的困難度更為增加。勉強翻譯可用注釋法，但多少減低了原文產生的效果。

　　這裡躺著我的妻子，就讓她躺在這裡撒謊吧!

　　現在她得到了安息，我也得到了安寧。

2. 南宋詩人陸游有一首詩，詩名〈臥春〉，詩的原文如下：

臥春

暗梅幽聞香，

臥枝傷恨底，

遙聞臥似水，

易透達春綠。

岸似綠，

岸似透綠，

岸似透黛綠。

一位鄉音很重的國文老師朗讀這首陸游古詩，要大家聽寫在筆記本上，有位同學寫成：

我蠢

俺沒有文化，

我智商很低，

要問我是誰，

一頭大蠢驢。

俺是驢，

俺是頭驢。

俺是頭呆驢。

由上面這個例子可知，利用鄉音造成的諧音，翻譯時要達到對等效果，困難度更為增加。但有些時候用些巧思，還是可以獲得很好的效果。下面就是一個例子。

A woman called a computer company's help desk about a problem with her printer. The tech support person asked her if she were "running it under Windows." "No," said the woman, "My computer is next to the door. But that's a good point. The guy next to me is under a window, and his printer works fine."

㈠ 分析

這則幽默作品的重點在 “Windows” 這個字。它可以是「窗」，也可以是電腦軟體的名稱。

㈡ 翻譯

有位婦人打電話到電腦公司詢問有關印表機故障的問題。該電腦公司的維修人員問這位婦人:「視窗下操作嗎?」這位婦人回答:「不『是』在窗下操作的。我的電腦擺在門邊。但是，那可能就是問題所在喔! 因為我旁邊那個傢伙的印表機，就是在窗下操作，所以他的印表機沒啥問題。」

二、打油詩（順口溜）

打油詩的特質是叶韻，內容詼諧。但兩種語言的韻律不同，兩種文化認為詼諧的定義也不同，這就是翻譯者要運用巧思調整的地方。下面是兩個成功的例子。

1. 喝酒七則

上午是包公，中午是關公，下午是濟公。

吃半天、喝半天，酒足飯飽睡半天，要辦的事等明天，天天如此賽神仙。

㈠ 分析

西方一般民眾並不知道包公、關公、濟公，對他們的事蹟也不感興趣。而且這裡的包公、關公是取其諧音；濟公則是取其形象。包公：包辦喝酒的人；關公：關起門來睡覺的人；濟公：酒足飯飽，凡事不在乎的人。

㈡ 翻譯

Eat and drink to heart’s content for half a day. Close the door to sleep for half a day. Put off duties until the next day. Life like this will be merrier than the deity everyday.

2. 非典

非典真的厲害，已經有人受害，為了避免傷害，口罩一定要戴，心情保持常態，才能避免其害，最後祝你天天愉快。

(一) 分析

這則順口溜有趣又有意義，提供兩則翻譯，作為參考。

(二) 翻譯

(1) SARS

SARS is serious
And has caused many victims.
The disease is contagious,
It is necessary to wear masks.
Stay in good moods
To keep SARS away from us.
Wish your life filled with happiness.

(2) SARS

SARS is truly violent,
And many people have got it.
To stay away from it,
Wearing a mask is a must.
Keep your mood in a good state,
You can prevent yourself from getting it.
Wish you happy to the very last.

三、用品指南：食譜

燒酒雞

材料：

⑴ 米酒 1 瓶半、雞半隻（約 1 斤半）、薑 6 片

⑵ 川芎 5 片、當歸 2 片、蔘鬚 1/4 兩、枸杞 1/4 兩、紅棗 7 個

⑶ 鹽適量

⑷ 水 3 碗

做法：

⑴ 雞洗淨、切塊入鍋中汆燙後撈出備用。

⑵ 備鍋入米酒 1 瓶及材料⑵煮開後，再入雞塊與水 3 碗，並點燃米酒燒至湯汁去酒精部分，待自動熄火後轉小火續煮約 8 分半鐘，起鍋前再淋上剩餘半瓶米酒即可。

㈠ 分析

這道菜的名字是「燒酒雞」，但材料中許多是中藥。命名時可以考慮讀者群。讀者若是住在臺灣的外國人，那麼可以音譯為 “Shao-jiu-ji”，這樣可以和本地人溝通。讀者群若為住在西方的外國人，只是對中國食物好奇，那麼可以意譯為 “Chicken Cooked with Herb Medicine” 或 “Chicken Cooked with Wine” 或 “Energy Chicken Chinese Style” 等諸如此類的名字。只要對預定的讀者群具吸引力，好記，就可以。現在假設讀者群為住在西方的外國人，我們選擇 “Energy Chicken Chinese Style” 作為菜名。

讀者群為住在西方的外國人，他們不熟悉臺灣的度量衡，因此要把度量衡換算成讀者熟悉的單位，如「斤」換成「磅」。一斤約等於 1.1 磅。因為是食譜，所以不需要太精確，因此一斤半約等於 1 磅半，如此類推。

川芎等食材要告訴讀者在那裡買。不需要找出每樣東西的學名，因為店家不懂學名，翻譯時，除了已經有被接受的譯名如人參外，其餘都可以

音譯，因為店家只要音同，就可以知道是什麼東西。

把碗改成西方人熟悉的杯。一碗的容量約等於一杯的容量，都是大約是 250cc。最後，添加此菜餚的功能，使它更具吸引力。

㈡ 翻譯

Energy Chicken Chinese Style

One and half bottles of rice wine or any similar wine

Half chicken (about one and half pounds)

6 slices ginger roots

3 cups of water

Salt to taste

5 slices Chuan-qiong; 2 slices Dang-gui; 1/4 ounces ginseng roots; 1/4 ounces Gou-qi; 7 Hong-zao (all can be purchased at a Chinese herbal medicine store in China Town)

Cut chicken into serving size pieces.

Cook one bottle of wine and the herbs until boiling.

Add chicken, salt, and 3 cups of water.

Light the chicken until the wine all evaporates.

After the fire dies out, turn down the heat and continue to cook for about 8 and half minutes.

Sprinkle the rest half bottle of wine on the chicken before serving.

This dish is particular good to serve in a cold winter day since it produces great energy.

第二十六章
結語

翻譯在人類文明發展史上扮演了重要的角色。隨著時代變遷，科技發達，交通便利，人們對翻譯的倚重與日俱增，因此培育優秀的翻譯工作者，以因應社會所需，已成刻不容緩的工作。而創造優良的翻譯環境，是使優秀的翻譯工作者固守崗位的重要因素，實不容忽視。

培育優秀翻譯工作者的途徑有三：

一、大專院校各系增設翻譯選修課程：

翻譯不再局限於文史等有限科目。舉凡人類知識均在其涵蓋範圍。如不具專業知識，不易勝任，而具備了專業知識，若無翻譯素養，亦無法使譯文達到信達雅的境界而為讀者所接受。大專院校各學科學生，外文素養已達一定程度，若能增設翻譯選修課程，來指導具專業知識且對翻譯有興趣的學生，成為未來專業學科翻譯人員，必能提昇專業科目的翻譯水準，並豐富翻譯作品的實質內容。

二、研究所碩、博士班以論文翻譯作為外國語文的考核標準：

追求新知已不限於某一年齡層次，或某一社會層面。各種學科更常息息相關，相輔相成。例如心理學常應用到工商管理；藝術與建築關係密切。但閱讀非自己專長且以外文撰寫的論文是件費時費力的事。若每位研究生提交一篇翻譯論文，此論文或為外文譯成中文，或為中文譯成外文，則不但可溝通國內外學者們的研究成果，提供廣大人群接觸高深學問的管道，更可訓練學生本身的語文能力。

三、相關學校與機構定期開辦翻譯、口語傳譯講習班提供社會人士學習或進修的管道：

社會各階層不乏通曉外文的人士。他們在職場，遇到的是第一線資訊，若能提供翻譯基本訓練，對提升社會整體的翻譯必有助益。隨著地球村的形成，全球人口流動頻繁。流動的原因雖有不同，但在異地，日常生活上有許多地方需要和當地人溝通，則是不變的需求。近年來，社區傳譯人員 (community interpreter) 的需求量大增。他們服務的項目包羅萬象，舉凡與醫院、法院、警局、銀行、旅遊等相關的日常生活所需，都需要他們的協助。社區傳譯人員並不需要高深的學術背景，但卻需要通曉一定的專業術語與常識。例如擔任病人與醫生間的傳譯，必須知曉醫藥、疾病的名稱；在法庭上，則需要知道法律名詞等。提供有志擔任特定項目傳譯工作者專業術語與常識，可培育優秀的口語傳譯人員。

創造優良的翻譯環境則有四個方法：

一、教育部接受語文類學術性譯著為大學教師資格審查的依據：

藝術學科如舞蹈、戲劇、音樂、美術等，因其性質有別於一般學科，故得以創作或表演為大學教師資格審查的依據。翻譯亦有別於一般學科，尤其是語文類的學術性譯著，譯事之難，費時之久，已有共識。例如 Richard B. Mather 翻譯的《世說新語》(*A New Account of Tales of the World*, Minneapolis: University of Minnesota Press, 1976) 耗時二十年，二度榮獲美國著名 Guggencheim 基金語文類獎金，為中西士林所重。但依教育部現今「大學教師資格審查規程」，該書不但不能通過審查，且無資格接受審查。這類作品本無商業市場，又不獲教育部肯定，因此從事嚴謹學術譯著的人就越來越少了。要改變這種現象，教育部若能接受語文類學術性譯著為大學教師資格審查的依據，必大有助益。

二、成立翻譯協會或相關組織。

這類組織可以擔任以下功能：

㈠ 與大專院校聯合主辦專門學科翻譯人員檢定考試。會計師需要檢定，醫生需要檢定，教師需要檢定，而翻譯工作者面對的群眾，更廣於會計師、醫生、教師，其對社會大眾的影響更是深遠，因此翻譯工作者必須經過專門學科檢定考試合格後，才能從事專業的翻譯工作。這樣的認知應該得到共識。提供檢定考試的機構必須具公信力，翻譯協會與相關大專院校科系合作，應該是最適當的選擇。

㈡ 發行定期刊物，舉辦定期研討會提供翻譯工作者園地交流各類相關資訊，包括工作資訊。

㈢ 提供並協助翻譯從業人員取得翻譯授權、法律諮商、仲裁糾紛、擬定最低工資等各項相關資訊與服務。

㈣ 與世界各國翻譯協會合作，提供全球翻譯工作資訊。

三、成立名詞中心：

專有名詞、普通名詞、術語的翻譯是翻譯工作者常遇到的共同難題。名詞中心可以專責翻譯、篩選、核定標準譯名的工作。核定後的標準譯名可以輸入詞庫，供翻譯工作者參考，以免造成名詞誤譯、譯名不達意、一個名詞多種翻譯等問題。

四、鼓勵企業界設置翻譯獎：

一個社會的進步，並不只靠少數高級知識分子，而是靠廣大的群眾。群眾的創造力、判斷力、人文素養則與資訊有關。量大、多元化且具時代精神的資訊幫助群眾成長，進而改良生活品質。在一個資訊缺乏的社會，其人民的觀念必然落伍，科技不發達，經貿不興盛，生活品質低劣。接觸資訊最有效的管道之一就是經由閱讀來了解世界各地的新發現、新發明、新見解。但一般大眾具外語閱讀能力者不多。私人企業設置翻譯獎，鼓勵各類優良翻譯作品，不僅可提高員工素質，有助其本身產業升級，更可提昇其企業形象。而譯者受到鼓勵，也必能精益求精，提升翻譯品質。

源源不絕的優良翻譯工作人員及優良的工作環境是翻譯品質最好的保證。唯有優良的翻譯，才能為大眾提供多元化、零錯誤的資訊，進而為人類開創更美好的明天。

參考書目

中文部分

王克非，《翻譯文化史論》。上海：上海外語教育出版社，1997。

王武興主編，《英漢語言對比與翻譯》。北京：北京大學出版社，2003。

毛榮貴、廖晟編著，《譯朝譯夕》。北京：中國對外翻譯出版公司，2005。

朱純深，《翻譯探微》。臺北：書林，民 90。

宋淇，《翻譯叢論》。臺北：聯經，民 72。

沙楓，《譯林絮語》。香港：大光，1974。

沙楓，《中詩英譯絮談》。香港：大光，1974。

余光中，《含英吐華：梁實秋翻譯獎評語集》。臺北：九歌，2002。

何偉傑，《譯學新論》。臺北：書林，民 78。

吳潛誠，《中英翻譯：對比分析法》。臺北：文鶴，民 78。

金隄，《等效翻譯探索》。臺北：書林，1998。

林以亮，《林以亮論翻譯》。臺北：志文，1974。

思果，《翻譯研究》。臺北：大地，民 61。

思果，《翻譯新究》。臺北：大地，民 78/71。

范文美，《翻譯再思》。臺北：書林，民 89。

姜慶堯，《新聞英語編輯實務》。臺北：水牛，1969。

涂克超，《翻譯之理論與實際》。香港：志文，1972。

馬祖毅，《中國翻譯史》上卷。武漢：湖北教育出版社，1999。

淮魯編，《英文姓名的命名與知識》。臺北：笛藤，民 80。

許鈞等編著，《當代法國翻譯理論》。武漢：湖北教育出版社，2001。
郭建中編著，《當代美國翻譯理論》。武漢：湖北教育出版社，1999。
梁實秋等，《翻譯的藝術》。臺北：晨鐘，1970。
陳定安，《翻譯精要》。臺北：商務，民 81。
陳錫蕃，《咬文嚼字話翻譯》。臺北：天下遠見，1998。
陳德鴻、張南峰編，《西方翻譯理論精選》。香港：香港城市大學，2000。
張其春，《翻譯之藝術》。香港：志文，1973。
張其春，《中英比較語法》。Honolulu: Oriental Pub. Co., 1983。
張振玉，《譯學概論》。臺北：文翔，民 71。
張達聰，《翻譯之原理與技巧》。臺北：國家，民 78。
黃邦傑，《譯藝譚》。臺北：書林，民 77。
黃邦傑，《漢英虛詞翻譯手冊》。臺北：書林，1990。
黃宣範，《翻譯與語意之間》。臺北：聯經，民 65。
黃斐章，《譯誤正解》。臺北：文鶴，民 87。
彭鏡禧，《摸象：文學翻譯評論集》。臺北：書林，民 86。
廖七一等編著，《當代英國翻譯理論》。武漢：湖北教育出版社，2000。
劉宓慶，《當代翻譯理論》。臺北：書林，民 84。
劉宓慶，《翻譯教學：實務與理論》。北京：中國對外出版公司，2003。
劉原醇，《中英語文的比較》。臺北：中國語文月刊社，民 63。
劉靖之編，《翻譯論集》。臺北：書林，民 78。
劉靖之編，《翻譯新論集》。臺北：商務，民 82。
劉靖之編，《翻譯工作者手冊》。臺北：商務，民 82。
錢歌川，《翻譯的基本知識》。臺北：開明，1972。
錢歌川，《論翻譯》。臺北：開明，1976。
錢歌川，《翻譯的技巧》。臺北：開明，民 76。
黎翠珍，《翻譯評賞》。臺北：書林，民 85。
羅選民編，《闡譯與解構：翻譯研究文集》。合肥：安徽文藝出版社，2003。

外文部分

Baker, Mona, ed., *Routledge Encyclopedia of Translation Studies*. New York: Routledge, 1998.

Bassent, Susan, *Translation Studies*, Rev. ed. London: Roultedge, 1991.

Bell, R. T., *Translation and Translating*. Harlow: Longman, 1991.

Biguenet, John, ed., *The Craft of Translation*. University of Chicago Press, 1989.

Bowen, David, *Steps to Consecutive Interpretation*, Rev. ed. Arlington, Va: Pen & Booth, 1984.

Dowing, B. T., *Professional Training for Community Interpreters*. Minneapolis: University of Minnesota Center for Urban and Reginal Affairs, 1992.

Frawley, William, ed., *Translation: Literary Linguistic, and Philosophical Perspectives*. Newark: University of Delaware Press, 1984.

Hatim, Basil and Ian Mason, *The Translator as Communicator*. New York: Routledge, 1997.

Holmes, James S., ed., *Nature of Translation: Essays on the Theory and Practice of Literary Translation*. New York: Mouton, 1970.

Laffling, John, *Towards High-Precision Machine Translation*. Berlin: Forbis, 1991.

Loh, Dian-yang, *Translation: Its Principles and Technique*. 北京：時代，1958.

Newmark, Peter, *A Textbook of Translation*. Englewood Cliffs: Prentice Hall, 1988.

——*About Translation*. Cleveodon: Multilingual Matters, 1991.

——*A Textbook of Translation*. New York: Prentice Hall, 1988.

Snell-Hornby, Mary, *Translation Studies: An Integrated Approach*.

Amsterdam: Benjamins, 1988.

Steiner, George, *After Babel: Aspect of Language and Translation*. Oxford University Press, 1992.

Weber, Wilhelm K., *Training Translators and Conference Interpreters*. Englewood Cliffs: Prentice Hall, 1984.

附錄一

Recommendation on the Legal Protection of Translators and Translations and the Practical Means to Improve the Status of Translators

22 November 1976

The General Conference of the United Nations Educational, Scientific and Cultural Organization, meeting in Nairobi from 26 October to 30 November 1976, at its nineteenth session,

Considering that translation promotes understanding between peoples and cooperation among nations by facilitating the dissemination of literary and scientific works, including technical works, across linguistic frontiers and the interchange of ideas,

Noting the extremely important role played by translators and translations in international exchanges in culture, art and science, particularly in the case of works written or translated in less widely spoken languages,

Recognizing that the protection of translators is indispensable in order to ensure translations of the quality needed from them to fulfil effectively their role in the service of culture and development,

Recalling that, if the principles of this protection are already contained in the Universal Copyright Convention, while the Berne Convention for the Protection of Literary and Artistic Works and a number of national laws of Member States also contain specific provisions concerning such protection, the practical application of these principles and provisions is not always adequate,

Being of the opinion that if, in many countries with respect to copyright, translators and translations enjoy a protection which resembles the protection granted to authors and to literary and scientific works, including technical works, the adoption of measures of an essentially practical nature, assimilating translators to authors and specific to the translating profession, is nevertheless justified to ameliorate the effective application of existing laws,

Having decided, at its eighteenth session, that the protection of translators should be the subject of a recommendation to Member States within the meaning of Article IV, paragraph 4, of the Constitution,

Adopts, this twenty-second day of November 1976, the present Recommendation.

The General Conference recommends that Member States apply the following provisions concerning the protection of translators and translations by taking whatever legislative or other steps may be required, in conformity with the constitutional provisions and institutional practice of each State, to give effect, within their respective territories, to the principles and standards set forth in this Recommendation.

The General Conference recommends that Member States bring this Recommendation to the attention of the authorities, departments or bodies responsible for matters relating to the moral and material interests of translators and to the protection of translations, of the various organizations or associations representing or promoting the interests of translators, and of publishers, managers of theatres, broadcasters and other users and interested parties.

The General Conference recommends that Member States submit to the Organization, at such times and in such form as shall be determined by the General Conference, reports on the action taken by them to give effect to this Recommendation.

Ⅰ. Definitions and scope of application

1. For purposes of this Recommendation:

(a) the term "translation" denotes the transposition of a literary or scientific work, including technical work, from one language into another language, whether or not the initial work, or the translation, is intended for publication in book, magazine, periodical, or other form, or for performance in the theatre, in a film, on radio or television, or in any other media;

(b) the term "translators" denotes translators of literary or scientific works, including technical works;

(c) the term "users" denotes the persons or legal entities for which a translation is made.

2. This Recommendation applies to all translators regardless of:

(a) the legal status applicable to them as:

(i) independent translators; or

(ii) salaried translators;

(b) the discipline to which the work translated belongs;

(c) the full-time or part-time nature of their position as translators.

Ⅱ. General legal position of translators

3. Member States should accord to translators, in respect of their translations, the protection accorded to authors under the provisions of the international copyright conventions to which they are party and/or under their national laws, but without prejudice to the rights of the authors of the original, works translated.

Ⅲ. Measures to ensure the application in practice of protection afforded translators under international conventions and in national laws relating to copyright

4. It is desirable that a written agreement be concluded between a translator and the user.

5. As a general rule, a contract governing relations between a translator and a user, as well as where appropriate any other legal instrument governing

such relations, should:

(a) accord an equitable remuneration to the translator whatever his or her legal status;

(b) at least when the translator is not working as a salaried translator, remunerate him or her in proportion to the proceeds of the sale or use of the translation with payment of an advance, the said advance being retained by the translator whatever the proceeds may be; or by the payment of a sum calculated in conformity with another system of remuneration independent of sales where it is provided for or permitted by national legislation; or by the payment of an equitable lump sum which could be made where payment on a proportional basis proves insufficient or inapplicable; the appropriate method of payment should be chosen taking into account the legal system of the country concerned and where applicable the type of original work translated;

(c) make provision, when appropriate, for a supplementary payment should the use made of the translation go beyond the limitations specified in the contract;

(d) specify that the authorizations granted by the translator are limited to the rights expressly mentioned, this provision applying to possible new editions;

(e) stipulate that in the event that the translator has not obtained any necessary authorization, it is the user who is responsible for obtaining such authorization;

(f) stipulate that the translator guarantees the user uncontested enjoyment of all the rights granted and undertakes to refrain from any action likely to compromise the legitimate interests of the user and, when appropriate, to observe the rule of professional secrecy;

(g) stipulate that, subject to the prerogatives of the author of the original work translated, no change shall be made in the text of a translation intended for publication without seeking the prior agreement of the translator;

(h) assure the translator and his translation similar publicity, proportionately to that which authors are generally given, in particular, the name of the author of the translation should appear in a prominent place on all published copies of the translation, on theatre bills, in announcements made in connexion with radio or television broadcasts, in the credit titles of films and in any other promotional material;

(i) provide that the user ensure that the translation bear such notices as are necessary to comply with copyright formalities in those countries where it might reasonably be expected to be used;

(j) provide for the resolution of any conflicts which may arise, particularly with respect to the quality of the translation, so far as possible, by means of arbitration or in accordance with procedures laid down by national legislation or by any other appropriate means of dispute settlement which on the one hand is such as to guarantee impartiality and on the other hand is easily accessible and inexpensive;

(k) mention the languages from and into which the translator will translate and without prejudice to the provisions of paragraph 1(a), further specify expressly the translator's possible use as an interpreter.

6. In order to facilitate the implementation of the measures recommended in paragraphs 4, 5 and 14, Member States should, without prejudice to the translator's freedom to enter into an individual contract, encourage the parties concerned, in particular the professional organizations of translators and other organizations or associations representing them, on the one hand, and the representatives of users, on the other, to adopt

model contracts or to conclude collective agreements based on the measures suggested in this Recommendation and making due allowance for all situations likely to arise by reason either of the translator or the nature of the translation.

7. Member States should also promote measures to ensure effective representation of translators and to encourage the creation and development of professional organizations of translators and other organizations or associations representing them, to define the rules and duties which should govern the exercise of the profession, to defend the moral and material interests of translators and to facilitate linguistic, cultural, scientific and technical exchanges among translators and between translators and the authors of works to be translated. To this end, such organizations or associations might undertake, where national law permits, in particular, the following specific activities:

(a) promote the adoption of standards governing the translating profession; such standards should stipulate in particular that the translator has a duty to provide a translation of high quality from both the linguistic and stylistic points of view and to guarantee that the translation will be a faithful rendering of the original;

(b) study the bases for remuneration acceptable to translators and users;

(c) set up procedures to assist in the settlement of disputes arising in connexion with the quality of translations;

(d) advise translators in their negociations with, users and cooperate with other interested parties in establishing model contracts relating to translation;

(e) endeavour to arrange for translators individually or collectively, and in accordance with national laws or any collective agreements which may be applicable on this subject, to benefit with authors from funds received from either private or public sources;

(f) provide for exchanges of information on matters of interest to translators by the publication of information bulletins, the organization of meetings or by other appropriate means;

(g) promote the assimilation of translators, from the point of view of social benefits and taxation, to authors of literary or scientific works, including technical works;

(h) promote the establishment and development of specialized programmes for the training of translators;

(i) cooperate with other national, regional or international bodies working to promote the interests of translators, and with any national or regional copyright information centers set up to assist in the clearance of rights in works protected by copyright, as well as with the UNESCO International Copyright Information Center;

(j) maintain close contacts with users, as well as with their representatives or professional organizations or associations, in order to defend the interests of translators; and negotiate collective agreements with such representatives or organizations or associations where deemed advantageous;

(k) contribute generally to the development of the translating profession.

8. Without prejudice to paragraph 7, membership of professional organizations or associations which represent translators should not, however, be a necessary condition for protection, since the provisions of this Recommendation should apply to all translators, whether or not they are members of such organizations or associations.

IV. Social and fiscal situation of translators

9. Translators working as independent writers, whether or not they are paid by royalties, should benefit in practice from any social insurance schemes relating to retirement, illness, family allowances, etc., and from any taxation arrangements, generally applicable to the authors of literary

or scientific works, including technical works.

10. Salaried translators should be treated on the same basis as other salaried professional staff and benefit accordingly from the social schemes provided for them. In this respect, professional statutes, collective agreements and contracts of employment based thereon should mention expressly the class of translators of scientific and technical texts, so that their status as translators may be recognized, particularly with respect to their professional classification.

Ⅴ. Training and working conditions of translators

11. Member States should recognize in principle that translation is an independent discipline requiring an education distinct from exclusively language teaching and that this discipline requires special training. Member States should encourage the establishment of writing programmes for translators, especially in connexion with translators' professional organizations or associations, universities or other educational institutions, and the organization of seminars or workshops. It should also be recognized that it is useful for translators to be able to benefit from continuing education courses.

12. Member States should consider organizing terminology centers which might be encouraged to undertake the following activities:

(a) communicating to translators current information concerning terminology required by them in the general course of their work;

(b) collaborating closely with terminology centers throughout the world with a view to standardizing and developing the internationalization of scientific and technical terminology so as to facilitate the task of translators.

13. In association with professional organizations or associations and other interested parties, Member States should facilitate exchanges of translators between different countries, so as to allow them to improve

their knowledge of the language from which they work and of the socio-cultural context in which the works to be translated by them are written.

14. With a view to improving the quality of translations, the following principles and practical measures should be expressly recognized in professional statutes mentioned under sub-paragraph 7(a) and in any other written agreements between the translators and the users:
 (a) translators should be given a reasonable period of time to accomplish their work;
 (b) any documents and information necessary for the understanding of the text to be translated and the drafting of the translation should, so far as possible, be made available to translators;
 (c) as a general rule, a translation should be made from the original work, recourse being had to retranslation only where absolutely necessary;
 (d) a translator should, as far as possible, translate into his own mother tongue or into a language of which he or she has a mastery equal to that of his or her mother tongue.

Ⅵ. Developing countries

15. The principles and norms set forth in this Recommendation may be adapted by developing countries in any way deemed necessary to help them meet their requirements, and in the light of the special provisions for the benefit of developing countries introduced in the Universal Copyright Convention as revised at Paris on 24 July 1971 and the Paris Act (1971) of the Berne Convention for the Protection of Literary and Artistic Works.

Ⅶ. Final provision

16. Where translators and translations enjoy a level of protection which is, in certain respects, more favorable than that provided for in this Recommendation, its provisions should not be invoked to diminish the

protection already acquired.

The foregoing is the authentic text of the Recommendation duly adopted by the General Conference of the United Nations Educational, Scientific and Cultural Organization during its nineteenth session, which was held in Nairobi and declared closed the thirtieth day of November 1976.

IN FAITH WHEREOF we have appended our signatures.

The President of the General Conference

The Director-General

(Date of adoption: 1976)

附錄二
華語通用拼音

臺灣通用拼音與大陸漢語拼音對照簡表
（2000/09/16 國語推行委員會通過）

注音	漢語拼音	通用拼音
ㄅ	b	b
ㄆ	p	p
ㄇ	m	m
ㄈ	f	f
ㄉ	d	d
ㄊ	t	t
ㄋ	n	n
ㄌ	l	l
ㄍ	g	g
ㄎ	k	k
ㄏ	h	h
ㄐ	j	ji
ㄑ	q	ci
ㄒ	x	si
ㄓ	zh	jh
ㄔ	ch	ch
ㄕ	sh	sh
ㄖ	r	r
ㄗ	z	z
ㄘ	c	c
ㄙ	s	s

空韻	-i	-ih
ㄚ	a	a
ㄛ	o	o
ㄜ	e	e
ㄝ	ê	ê
ㄞ	ai	ai
ㄟ	ei	ei
ㄠ	ao	ao
ㄡ	ou	ou
ㄢ	an	an
ㄣ	en	en
ㄤ	ang	ang
ㄥ	eng	eng
ㄦ	er	er
ㄧ	i, yi	i, yi
ㄨ	u, wu	u, wu
ㄩ	ü, u, yu	yu
ㄧㄚ	ia, ya	ia, ya
ㄧㄝ	ie, ye	ie, ye
ㄧㄞ	iai, yai	iai, yai
ㄧㄠ	iao, yao	iao, yao
ㄧㄡ	iu, you	i(o)u, you
ㄧㄢ	ian, yan	ian, yan
ㄧㄣ	in, yin	in, yin
ㄧㄤ	iang, yang	iang, yang
ㄧㄥ	ing, ying	ing, ying
ㄨㄚ	ua, wa	ua, wa
ㄨㄛ	uo, wo	uo, wo
ㄨㄞ	uai, wai	uai, wai
ㄨㄟ	ui, wei	u(e)i, wei
ㄨㄢ	uan, wan	uan, wan

ㄨㄣ	un, wen	un, wun
ㄨㄤ	uang, wang	uang, wang
ㄨㄥ	ong, weng	ong, wong
風	feng	fong
ㄩㄝ	ue, yue	yue
ㄩㄢ	uan, yuan	yuan
ㄩㄣ	un, yun	yun
ㄩㄥ	iong, yong	yong

最新簡明英漢辭典　陸以正／主編

◎ 收錄語類超過14萬，包含時下最新詞彙，給您最多、最HOT的內容！
◎ 體積輕薄短小，方便攜帶，讓您隨時掌握字彙釋義！
◎ 詞條釋義清楚易懂，用字精確，是您學習英語的最佳工具書！
◎ 資深外交官陸以正先生親自逐字校閱，資訊正確詳實，是最符合二十一世紀需要的英漢辭典！

三民精解英漢辭典（新編升級版）　莫建清／主編

◎ 收錄詞條約16,046字，其中囊括教育部公佈的中學生必備基本7,000字！片語數亦達3,134項，內容豐富實用！
◎ 首創說文解字單元，條理分明的字詞結構解說及字源分析，記憶詞彙沒煩惱！
◎ 字源、語法、參考及（♦…）內解說等單元，針對易混淆詞彙或字義補充闡釋，清楚解析文法重點，讓您文法實力倍增！
◎ 情境式的全頁插圖及字彙圖解，加強生活字彙與會話應用！

三民進階英漢辭典　宋美璉／主編

◎完整收錄基礎至進階詞彙及最新實用語彙，是適合中學及以上程度的英語工具書！
◎「搭配詞組」、“More to Learn”、「發音」、「語法」等單元，讓您成為舉一反三的英文高手！
◎「近義字」、「由來」、「參考」、「注意」、「字源」等小百科，讓您全方位融入英語文化！